De bien curieuses histoires

Nouvelles

© 2022, Jean-Luc Rogge

Édition : BoD – Books on Demand, info@bod.fr

Impression : BoD - Books on Demand, In de Tarpen 42, Norderstedt (Allemagne)

Impression à la demande
ISBN : 978-2-3224-5513-3

Dépôt légal : Décembre 2022

**Nouvelle édition revue par l'auteur
1re publication : mai 2016**

Photo de couverture : Gautier Rogge

Merci à Solène pour sa précieuse collaboration

Du même auteur :

- Histoires singulières
- Histoires à vivre avec ou sans vous
- Histoires fâcheuses
- Dérapages inattendus
- Fractures familiales
- Rien de grave, je t'assure

Jean-Luc Rogge

De bien curieuses histoires

Nouvelles

Ce foutu vendredi treize

C'était un vendredi.
Un vendredi treize.
Celui dont tout le monde se souvient.
J'étais désespérée !

Le matin même, j'avais accompagné mon frère, ou ce qu'il en restait, au cimetière. Fatigué de vivre, il s'était jeté trois jours plus tôt sous le direct de six heures cinquante. Celui qu'il avait tant et tant de fois emprunté depuis plus de dix ans pour se rendre au boulot.

Pierre était cadre dans une boîte de téléphonie. Son job y était stressant mais bien payé et ses patrons appréciaient son ardeur à la tâche.

Avec Laurence, sa femme, tout se passait pourtant merveilleusement. Enfin, je crois. Ils étaient mariés depuis cinq ans, s'entendaient parfaitement et s'ils n'avaient pas d'enfant, c'était par choix. Pierre aimait d'ailleurs répéter à l'envi qu'il ne souhaitait pas condamner un innocent à vivre.

En fait, tout le monde en ville admirait Pierre et Laurence, ce couple heureux, bien nanti, en harmonie parfaite avec son époque.

Alors pourquoi ce geste fatal ?

Mon frère rêvait d'autres horizons. Il voulait tout arrêter, quitter pour toujours cette ville, cette région, ce pays. « Changer de vie », son obsession. Il en avait souvent discuté avec Laurence mais elle hésitait. Malgré son amour pour lui, laisser famille et amis pour partir à l'aventure dans un pays inconnu lui paraissait un obstacle impossible à surmonter.

Maintenant, Laurence est dévastée. Dans son mot d'adieu, Pierre l'assure qu'elle n'y est pour rien. Mais, bien sûr, elle culpabilise. Je crois qu'elle aura du mal à s'en remettre. Pauvre Laurence.

Moi non plus, je n'ai rien vu venir. Moi aussi, je me sens coupable.

Lors de nos rencontres, très fréquentes, Pierre m'avait pourtant souvent parlé de sa lassitude, de son désarroi. Il se sentait englué dans une vie merdique de bureaucrate. Il étouffait. Il me rappelait que, tout petit déjà, il rêvait de grand air, d'espaces infinis, d'animaux à élever, à soigner, de... que sais-je encore ?

— Toi, tu dois comprendre, il me disait. T'es ma grande sœur, quand même.

Hélas, jamais je ne l'ai pris au sérieux. Je lui répondais des banalités.

— Tu veux ma place ? je lui disais toujours. Mais Pierrot, tu ne te rends pas compte de ton bonheur. Un bon job, un bel appartement, des économies, pas de dettes, une femme qui t'aime, mais il y en a plein qui donneraient n'importe quoi pour pouvoir être à ta place. T'as plus vingt ans, Pierrot. Abandonne tes rêves de petit garçon. Redescends sur terre.

— Ouais, t'as sûrement raison grande sœur, il répondait alors fort marri avant de laisser tomber.

Et on passait à autre chose.

Je n'ai pas compris sa désespérance. Je n'ai pas entendu sa souffrance. J'ai réagi comme la reine des connes.

Et maintenant, mon frère, mon petit frère, mon petit Pierrot qui allait fêter ses trente ans dans dix-huit jours, est mort. Mort et enterré.

Pierre repose dans le même caveau que papa. Il y est depuis deux ans. Papa était pensionné depuis six mois lorsque sa tumeur au cerveau a été détectée.

— Inopérable, lui avait dit froidement le spécialiste. Profitez au mieux des jours qui vous restent et, le moment venu, nous ferons tout pour que vous ne souffriez pas trop, il avait ajouté.

Papa lui avait alors demandé ce qu'il entendait par « jours qui vous restent ».

— Environ un an, lui avait répondu sans frémir le spécialiste.

Papa, bonne éducation oblige, l'avait alors remercié — comble de la politesse, remercier quelqu'un qui vient de signifier votre arrêt de mort — et il l'avait salué.

Puis, dès son retour à la maison, alors que je l'interrogeais sur les résultats des examens effectués à la clinique, papa m'avait simplement dit :

— Je suis cuit.

J'étais dévastée.

J'eus beau alors tenter d'en savoir plus, le supplier de m'expliquer, papa se referma comme une huître.

Et ce fut tout !

C'était tout papa, ça.

Deux semaines plus tard, en rentrant du boulot, je le retrouvais pendu dans sa chambre.

Sur la table de chevet, une lettre pour Pierre et pour moi. Il s'y excusait pour son geste et nous assurait de son amour pour nous.

Comment notre père a-t-il pu nous jouer ce tour ? Il n'avait pas le droit.

J'ai noyé mon chagrin dans l'alcool. Sans succès.

Le temps a passé mais il me manque toujours autant.

Et Pierre maintenant !

La tendance suicidaire serait-elle inscrite dans les gènes de la famille ?

Décidément, à un moment ou un autre, tout le monde laisse une lettre et fout le camp dans cette famille.

Maman fut la première.

Le jour du dix-huitième anniversaire de Pierre, elle a quitté papa et est partie s'installer en Tunisie. Avec son amant. Comme à son habitude, maman fut franche et directe avec nous. Dans la première partie de cette lettre, elle s'adressait d'abord longuement à papa le remerciant pour toutes ces belles années et l'assurant de sa tendresse éternelle. Puis, la suite nous était réservée : « Voilà, nous écrivait-elle, après tout ce temps passé à vous éduquer, il est temps de repenser à moi. Sachez que vous avez été pendant toutes ces années des enfants parfaits que j'ai aimés, chéris, adorés. Je suis fière de vous et je ne regrette absolument rien mais il me faut, maintenant que vous êtes adultes, passer à autre chose et retrouver ma liberté. J'espère que vous me comprendrez et me pardonnerez car je ne veux pas mourir avant d'avoir vécu. » Elle terminait en nous embrassant tous les trois.

Ni Pierre, ni papa ne l'ont comprise. Ils n'ont pu lui pardonner. Ils n'ont jamais voulu la revoir.

Pour ma part, bien que choquée et affreusement triste, j'ai admiré son cran et j'ai compris son besoin de vivre.

Depuis, j'ai pris pour habitude de passer une semaine chaque année à Sousse auprès d'elle et de son nouveau mari. L'y voir heureuse me rend heureuse.

Seize heures, j'ai mal au crâne et j'ai les entrailles retournées.

J'ai chaud. Je me déshabille presque entièrement. Je suis en slip. Je débouche la bouteille de bordeaux que je conservais en réserve au cas où... Je m'installe dans le sofa et je me sers un verre, deux verres... Je vide la bouteille.

Je me recroqueville.

Les vapeurs d'alcool aidant, ma douleur intérieure s'estompe quelque peu.

Je ne suis pas dupe, je ne connais que trop bien le processus, elles réapparaîtront plus violentes encore dans quelques heures.

Et il me faudra boire, boire encore, boire toujours.

Je suis désespérée.

Je sombre dans un sommeil comateux.

Les cauchemars se succèdent.

Je suis au bord du gouffre. Il serait si facile de s'y laisser engloutir.

Vingt-trois heures, j'ouvre les yeux. J'ai la nausée.

Merde, j'ai rechuté.

Onze mois et huit jours.

J'ai tenu le coup onze mois et huit jours.

Je ne veux plus y retourner, plus me faire enfermer, tout recommencer à zéro.

Je me croyais guérie mais je ne suis pas capable de résister. Je suis faible.

Après ma troisième cure, j'avais pourtant juré au toubib et aux infirmiers qu'ils ne me reverraient jamais, que j'avais compris, que j'étais vaccinée pour toujours.

Et puis paf, la disparition de Pierrot !

Comment pourrais-je, une nouvelle fois, trouver suffisamment de force en moi pour m'en aller débiter mon triste laïus devant un parterre de pauvres types tous aussi paumés que moi :

« Bonjour. Je m'appelle Carine. J'ai trente-quatre ans et je suis alcoolique. J'ai connu une enfance heureuse dans une famille bourgeoise. Mon frère Pierre et moi n'avons jamais manqué de rien. On peut même dire que nous avons été particulièrement choyés durant toute notre jeunesse. J'ai enseigné le français dans un lycée pendant une dizaine d'années mais, suite à mes problèmes avec l'alcool, j'ai été licenciée pour faute grave il y a trois ans. Depuis lors, je n'ai plus travaillé. J'ai d'abord vécu un an aux crochets de mon père et, depuis sa disparition, je dilapide peu à peu ma part d'héritage.

J'ai bu mon premier verre le jour de mon baptême estudiantin. Je ne pouvais faire autrement. Cela m'a plu. Cela m'a désinhibé. Moi habituellement si timide, si renfermée, j'osais soudainement aborder quiconque sans crainte. Je me sentais soudain forte. J'ai donc continué, je me suis enfoncée gaiement, insidieusement, dans l'alcoolisme. Durant quatre belles années, j'ai collectionné bitures et amours sans lendemain. Puis, mon diplôme en poche, j'ai quitté l'université et sa vie nocturne et je suis rentrée à la maison. Je croyais pouvoir m'arrêter de boire quand bon me semblerait mais aujourd'hui, près de douze ans plus tard et malgré plusieurs remises en question, plusieurs cures de désintoxication, je suis toujours embourbée dans les mêmes problèmes. Tout m'est prétexte à boire. Je suis laide, bouffie. Les hommes me fuient. Je suis seule. Trop seule. Trop seule et trop faible. »

Je me sens irrécupérable. Irrécupérable à trente-quatre ans !

Un mal profond me dévore : le mal de vivre !

Machinalement, j'allume la télé.

Les terroristes ont frappé !

Nous sommes en guerre !

Tétanisée, je me colle à l'écran.

Les informations sont incomplètes, les images rares. Je passe d'une chaîne d'infos à l'autre dans l'espoir d'en savoir un peu plus. Il y a des morts, beaucoup de morts.

Chaque jour, nous sommes bombardés d'images d'attentats mais jusqu'à présent tout restait si abstrait, si lointain. Cette fois, nous sommes directement concernés.

La vie est injuste. Des hommes, des femmes partis faire la fête sont morts ce soir, abattus comme des lapins. Mon mal de vivre me fait honte. Je gémis, je tremble.

Une anxiété sourde me saisit. J'ai peur. Je me lève et je ferme soigneusement à clé toutes les portes de la maison qui donnent sur l'extérieur.

Je descends à la cave, j'y remonte avec une nouvelle bouteille. Je la débouche, je me sers un verre et je bois. Je bois très vite et, enfin, je sombre.

Un mal de tête violent m'éveille. De l'aspirine, il me faut de l'aspirine !

Je jette un œil vers le réveil. Huit heures trente. La télé est toujours allumée. On en sait un peu plus à présent. On parle d'une centaine de morts, sinon plus.

J'ai honte.

Je sors une feuille de papier du bloc de l'imprimante. Je prends un stylo, je m'assieds à la table du secrétaire de papa et je me mets à écrire :

« Samedi 14 novembre.
Chère maman,
J'espère que tu me pardonneras... »

On sonne.

Zut !

Je ne bouge pas. J'attends.

On insiste : un coup, deux coups, trois coups...

— Putain, on ne peut même pas mourir tranquille dans cette maison, je me dis tout en me dirigeant vers la porte.

J'entrouvre.

L'homme qui me fait face a l'air surpris.

Mon Dieu, je dois ressembler à un zombie.

Bon, qu'est-ce qu'il attend ?
— Carine ?

Je ne rêve pas, il vient de m'appeler par mon prénom. J'ai beau le dévisager à mon tour, j'ai vraiment l'impression de ne l'avoir jamais rencontré.

— Euh, oui. On se connaît ?
— Philippe.
— …
— Philippe Desoleil, tu me reconnais quand même ? Allez, on a passé trois ans dans la même classe. De douze à quinze ans. Philippe ! Tout le monde me surnommait Filou. Rappelle-toi ! Ah ça, quel hasard ! Ah, ça me fait vraiment plaisir de te revoir !

Philippe Desoleil, Philippe Desoleil... oui, oui, ça me revient. Doucement, mais ça me revient. Desoleil : un garçon très timide au physique assez ingrat avec lequel je ne crois d'ailleurs pas avoir eu beaucoup de contacts. Quelqu'un de très effacé, en fait. Ni sympa, ni déplaisant. Ni séduisant, ni repoussant. Le prototype parfait du mec qui passe inaperçu. La preuve, je l'avais complètement zappé de ma mémoire.

— Philippe, mais bien sûr ! Et dis-moi, cela fait combien de temps qu'on ne s'est plus revus ? Dix ans ? Quinze ans ?
— Attends, trente-quatre moins quinze égale dix-neuf, si je ne m'abuse. Dix-neuf ans, Carine, tu te rends compte ?

Et de rire de toutes ses dents.

Non, je ne me rends compte de rien sinon qu'il a fameusement changé et qu'aujourd'hui, devant moi, il est particulièrement beau. Beau et sexy ! Je lui trouve même un petit air de Brad Pitt. Pour se l'approprier, les nanas doivent se bousculer au portillon. C'est curieux à dire, mais grâce à ces pensées frivoles qui me viennent à l'esprit, les nuages s'éloignent. Je me sens remonter à la surface, revivre. Mais lui, que peut-il penser de moi, sinon le contraire ? Il doit se demander comment une adolescente si séduisante peut s'être transformée en gourde mal fagotée qui pue l'alcool.

— Heu, tu voudras bien excuser ma tête et ma tenue Philippe mais je viens de vivre des jours particulièrement sombres et, avec ce qui s'est passé cette nuit, je n'ai pas beaucoup dormi.

— T'inquiète Carine, je comprends et puis, tu sais, ça ne me gêne pas que tu me reçoives sur le pas de ta porte en petite culotte de coton et les nibards à l'air.

Mais il a raison, l'apollon. Je n'ai même pas pris la peine de me couvrir quelque peu avant d'aller ouvrir. La honte !

Je suis mal, très mal. Je lui demande de patienter deux secondes. Je claque la porte, je fonce dans la chambre, j'enfile un pull et un jean à toute vitesse et, hors d'haleine, je retourne lui ouvrir.

Et là, il faut que j'assure :

— C'est fou comme j'ai toujours été distraite, je lui dis.

Il me regarde d'un air amusé. Il doit me croire folle. Il me répond :

— Ouais, même que t'as jamais remarqué les regards amoureux que je te lançais à longueur de journée au bahut. Allez, il y a prescription maintenant, alors je peux bien te l'avouer : j'étais raide dingue de toi. J'en ai passé des nuits à fantasmer sur toi seul dans ma chambre. Ah, comme j'ai pu t'aimer Carine ! Mais toi, rien, t'étais sur ton île, inaccessible pour le commun des mortels. T'étais réservée aux caïds. Mais t'avais raison Carine, t'étais vraiment trop top pour nous. Mais tu sais, t'es toujours aussi belle, Carine.

Je sens que je pique un fard. Je suis émue à crever.
Je me sens mal, j'ai la tête qui tourne.

Je suis conne. J'ai trente-quatre balais, j'ai enterré mon frère chéri hier, je suis alcoolique, je suis dans les emmerdes jusqu'au cou, j'allais me suicider il n'y a pas un quart d'heure et, maintenant, alors que j'ai pourtant déjà connu pas mal des mecs dans ma vie, je rougis bêtement parce qu'un ancien camarade de classe me balance un compliment à deux sous à la figure.

— Mais ne reste donc pas collé sur le pas de la porte, je lui dis. Entre, je t'en prie.

— Merci. On sera en effet plus à l'aise pour parler.

Je m'écarte. Il entre tout en me frôlant. Un frisson me parcourt l'échine. Je suis toute chose. C'est dingue, je ne connais même pas le motif pour lequel il a sonné. Mais après tout, peu m'importe.

Il pénètre dans mon capharnaüm. Il observe attentivement. Le désordre ne semble pas le perturber. Je pousse nonchalamment du pied sous le sofa les deux bouteilles de vin qui traînent sur le sol. Il s'approche de la télévision toujours allumée : les images des attentats y passent en boucle... Les experts s'y succèdent... Les journalistes annoncent que le nombre de morts a été revu à la hausse... La France est en état de choc, assommée !

Philippe hoche la tête lentement et soupire.

— Quel gâchis, me dit-il ensuite en se retournant. Un sourire triste assombrit son regard.

Il me regarde droit dans les yeux. Un sentiment équivoque me taraude soudain l'esprit. Parlait-il seulement des événements horribles de la nuit ou ces quelques mots s'adressaient-ils aussi à moi ?

« Carine, ta vie, quel gâchis... »

— Et si tu allais prendre une douche, il me dit d'un ton amical.

Sa remarque me déconcerte.

Euh, oui, t'as raison, je m'entends lui répondre. Prépare-toi un petit café pendant ce temps-là. Je n'en ai que pour quelques minutes.

Il accepte.

Je me dirige avec lui vers la cuisine, je lui montre la machine à expresso, je lui sors les capsules et je m'éclipse.

— En veux-tu aussi une tasse ? il me demande.

— Oui, oui, bien sûr, je lui dis.

Je m'enferme dans la salle de bains.

Je suis une épave, rien qu'une épave.

Le contact de l'eau chaude qui gicle sur ma peau me revigore peu à peu.

Je me sens mal, très mal, mais tellement bien aussi.

Quelques minutes plus tard, je le rejoins, un peu plus présentable.

— Cela retape, non ? me dit-il.

— Oui, t'as raison, j'en avais besoin.

Il s'approche de moi, une tasse de café à la main.

— Un sucre ou deux ? me demande-t-il.

— Noir, toujours noir.

Tout en le regardant, je porte la tasse à mes lèvres.

Le goût de l'expresso bouillant dans ma bouche me ravit. Comment avais-je pu oublier la douce sensation que ce simple geste peut procurer ?

Je pose la tasse.

Il me prend la main, m'attire vers lui, pose ses lèvres sur les miennes, les entrouvre délicatement. Nos langues se rencontrent, se mélangent.

Une douce chaleur humide me saisit le bas-ventre.

Je perds pied. Je coule. Je revis.

Mais alors que je jouis intensément dans ses bras, un éclair me zèbre la tête et un mal violent me fracasse le crâne.

Je perds conscience !

Je me suis éveillée trois jours plus tard dans une chambre d'hôpital, une perfusion au bras.

C'est Laurence qui m'a retrouvée inanimée à la maison et qui a appelé les secours.

J'étais en coma éthylique.

Les médecins ont bien cru qu'ils allaient me perdre.

Maintenant, je suis mieux. Je me remets peu à peu.

Si mon état continue à s'améliorer, je vais pouvoir être transférée dans quelques jours au centre de désintoxication.

Il faudra que je m'en sorte.

Ce matin, pour la première fois depuis « l'accident », j'ai pu m'asseoir.

Laurence me soutient.

J'ouvre le journal qu'elle m'a gentiment apporté.

On y parle encore et toujours des attentats.

En page centrale, toutes les photos des victimes ont été rassemblées.

J'observe attentivement chacun des visages de ces personnes ayant perdu la vie de manière aussi absurde. La tristesse me submerge.

Et là, soudain, je crois défaillir.

Là, en troisième rangée, en huitième position, un visage connu, un visage aimé, un être chéri. Là, en troisième rangée, en huitième position, le photomaton de Philippe.

Philippe Desoleil !

Une rencontre fortuite

C'était une de ces soirées sombres et humides de décembre. Le vent soufflait en rafales et une fine pluie glaçante s'abattait sans discontinuer sur le pays.

L'atmosphère, dans cette gare abandonnée de la plupart de ses voyageurs, était lugubre. Bien qu'il ne fût qu'un peu plus de dix-huit heures, la nuit était tombée depuis longtemps déjà.

Transi de froid, j'étais seul sur le quai à attendre avec impatience l'arrivée de ce foutu train, une nouvelle fois en retard, qui devait me ramener chez moi.

Ma journée avait été particulièrement éprouvante : Nicole, vingt-quatre ans depuis peu, était morte dans la matinée, énième victime de ce foutu crabe qui s'attaque à tous, sans distinction de sexe ou d'âge. J'étais auprès d'elle pour tenter de la soulager au mieux. Cela fait partie de mon boulot : je suis infirmier dans un service de soins palliatifs. Un travail épatant mais éprouvant. On aide les patients à mourir dans la dignité, on tâche de leur éviter des souffrances inutiles. Parfois, hélas, c'est vraiment compliqué…

Moi, je ne veux pas endurer les atrocités que certains supportent. Le temps venu, chacun doit pouvoir choisir, librement, le moment d'en finir et doit pouvoir être aidé. Il n'y a pas à débattre à ce sujet : chacun son choix, chacun son droit !

En fin de journée, c'est difficile de quitter l'hôpital et de tout oublier, de passer du monde des mourants à celui des vivants. Il y a maintenant quinze ans que je bosse dans ce service. Durant tout ce temps, j'en ai vu des hommes passer de vie à trépas mais, croyez-moi, on ne s'habitue jamais à la mort, même avec les vieux. Pour notre équilibre psychique, on nous oblige à assister régulièrement à des cours de thérapie comportementale. On y apprend notamment à maintenir une certaine distance entre nous et les patients.

Comme les médecins. Foutaises, car la plupart de ceux qui travaillent ici sont hypersensibles.

Alors, beaucoup craquent...

J'en étais là, à songer pour la énième fois depuis plusieurs mois à tout lâcher, à tout abandonner — mais est-ce possible à quarante-cinq balais alors que l'on a une femme à la maison et deux adolescents à élever — lorsque, tel un fantôme surgissant des ténèbres, le train est enfin arrivé à quai. Je suis monté dans le dernier wagon, celui de première classe. Il était vide. Étrangement vide.

Je me suis affalé sur la première banquette, côté fenêtre dans le sens de la marche, et j'ai fermé les yeux, épuisé. Un sentiment de profonde lassitude m'a envahi.

Lorsque enfin, après ce qui m'a semblé un temps infini, le convoi s'est remis en branle, j'ai regardé défiler le paysage ou, plus exactement, j'ai tâché de distinguer et de reconnaître, malgré l'obscurité épaisse, quelques coins de cette campagne tant de fois empruntée. Cela m'a apaisé.

« Sans incident sur la ligne, je serai à la maison dans une petite heure », ai-je pensé, réconforté.

Mais soudain, alors que je rêvassais et que je me laissais bercer par le doux roulis du wagon, un bruit inattendu m'a surpris : une sorte de reniflement animal. Bruyant, répété !

J'ai sursauté. Je n'étais donc pas seul. Instinctivement, je me suis redressé et je me suis calé le dos bien droit sur la banquette. J'ai ensuite levé la tête et j'ai tenté de me positionner afin d'avoir une vue discrète sur l'ensemble du compartiment. Personne !

Puis, alors que je commençais à me détendre et que je pensais avoir été victime d'une hallucination auditive, quelqu'un a toussé.

Oh ! pas n'importe quelle toux. Non, une toux grasse, forte, profonde, aux expectorations, à coup sûr, sanguinolentes. Le genre de toux que j'avais, trop de fois déjà hélas, entendu à l'hôpital. La toux d'un vieux fumeur impénitent assurément, recroquevillé, j'en étais certain maintenant, tout au fond du wagon, sur la dernière banquette.

Un pauvre gars malade ! Cela m'a rassuré.

Mais, alors que la toux de l'homme redoublait d'intensité et que je compatissais à sa souffrance, une image floue, réminiscence confuse du passé, refit subitement surface en moi.

Je me mis à frémir intérieurement car cette toux me renvoyait vers un épisode du passé enfoui dans les tréfonds de ma mémoire ; un épisode horrible que je croyais avoir pu effacer, oublier à jamais. Le contour précis d'un visage me revint en mémoire : celui d'un homme dans la force de l'âge, perdu de vue depuis trois décennies. Un homme dont les quintes de toux, certes moins graves et moins irréversibles que celles que j'entendais dans ce wagon, se composaient cependant des mêmes intonations, des mêmes altérations.

Serait-il possible qu'il s'agisse de lui ? me suis-je alors demandé, incrédule.

Une rage sourde m'envahit. Il fallait que j'en aie le cœur net. Je me levai et me dirigeai d'un pas décidé vers le fond du compartiment, à la rencontre de cet être vil et méprisable que j'avais tant haï, cet être que j'aurais préféré ne plus jamais recroiser.

Au bruit de mes pas, l'homme crut probablement que le chef de train s'approchait car, lorsque j'arrivai à sa hauteur, il était occupé à chercher dans sa veste, suspendue au crochet, son titre de transport. Le billet dans la main, il se retourna. Il eut d'abord l'air surpris, me toisa longuement d'un regard interrogateur puis, soudain, son visage devint blême et sa lèvre inférieure se mit à trembler légèrement. Alors, il déglutit et marmonna quelques mots inintelligibles avant qu'une nouvelle quinte de toux violente l'empêchât de poursuivre.

Aucun doute, mon instinct ne m'avait pas trahi. Il s'agissait bien de lui !

Oh ! comme il avait affreusement vieilli. Les joues s'étaient affaissées, le front dégarni, les cheveux blanchis, les rides approfondies, la peau ternie et de profonds cernes bleutés entouraient ses yeux fatigués.

J'avais devant moi un vieil homme usé par la maladie, un vieil homme digne de compassion vu son état, certes, mais j'avais aussi devant moi un vieil homme dont le regard perçant et sournois n'avait pas changé !

Aussitôt, je le revis sortir, trente ans plus tôt, le visage congestionné, de la chambre d'Arthur, secoué par une quinte de toux identique.

— Un verre d'eau. Vite, Romain, un verre d'eau, m'avait-il dit de manière péremptoire en m'apercevant.

Sans réfléchir, j'avais obéi. J'étais parti à toute vitesse dans la cuisine lui chercher une bouteille d'eau minérale.

— Voilà, mon père, avais-je dit en revenant.

Mais il avait déjà disparu.

Mal éveillé, je n'y comprenais rien.

Que pouvait bien faire un prêtre, à deux heures du matin, dans la chambre de mon frère Arthur ?

Intrigué, je frappai un bref coup à la porte de mon frangin mais je n'obtins pas de réponse. J'ouvris alors discrètement et je jetai un œil dans la pièce plongée dans l'obscurité. Je n'y vis pas grand-chose mais, après quelques secondes, le temps que mes yeux s'habituent à la pénombre, je parvins quand même à distinguer la masse de mon cadet se soulevant et s'abaissant à intervalles réguliers sous les couvertures. Rasséréné, je retournai me coucher après avoir enfin satisfait ce besoin urgent qui m'avait éveillé.

Je ne me suis jamais pardonné ce comportement apathique car le lendemain soir, sur le chemin du retour de l'école, Arthur, 13 ans, mon cadet d'un an, mon complice de toujours, se suicidait en se jetant sous un train. Sans un mot, sans une explication.

Lors de l'enterrement d'Arthur, Père Jean fut, comme à son habitude, brillant. Lors de son homélie, pathétique à souhait, il réussit à émouvoir l'ensemble des fidèles présents. Pour clore celle-ci, il nous assura que Dieu, dans son infinie bonté, pardonnerait assurément à Arthur de s'être donné la mort et qu'il l'accueillerait près de lui comme son enfant chéri.

C'est à ce moment précis que maman s'évanouit.

L'homme d'Église n'en parut guère bouleversé.

Mais alors qu'avant le « notre père » il se mettait à tousser — deux paquets de cigarettes « Saint Michel » par jour, à la longue, cela provoque des dégâts, même chez un prêtre —, son regard croisa le mien. Je le fixai alors droit dans les yeux et il ne put le supporter.

Et lorsqu'il se détourna et que sa lèvre inférieure se mit à trembler légèrement, je compris.

Je compris, sans trop en connaître la raison, que ce prêtre était l'unique responsable de la mort de mon frère et je me promis solennellement, devant Dieu, du haut de mes quatorze ans, qu'un jour il paierait.

Quelques jours plus tard, comme papa et maman n'étaient pas encore en mesure de supporter de m'entendre proférer de telles accusations, je décidai de parler de l'étrange visite nocturne de père Jean à mes grands-parents maternels. Je profitai d'un passage chez eux pour aborder le sujet. J'en touchai d'abord un mot à mamie Alberte, habituellement avide de confidences, mais à peine lui avais-je parlé du prêtre quittant la chambre d'Arthur, qu'elle disparut dans sa cuisine en se signant trois fois de suite.

J'eus heureusement plus de chance avec papy Louis. Anticlérical notoire, il prêta une oreille attentive à mes propos et, autant ébranlé qu'offusqué, il me jura sur la tête de son épouse que cette histoire n'en resterait pas là.

Papy Louis tint parole car, deux semaines plus tard, j'étais convoqué chez le directeur du collège dans lequel j'étudiais à l'époque.

— Alors Romain, me dit celui-ci, on essaie de discréditer le père Jean. On subodore des actes compromettants de sa part. Mais pour qui te prends-tu, pauvre ignare ? C'est à la demande expresse de ta pauvre maman si le père Jean est passé chez vous ce soir-là. Parce qu'elle vous connaît mieux que quiconque, vous, les rois de la bêtise. Elle sait qu'en son absence, il s'agit de vous tenir à l'œil ! D'ailleurs, on a bien vu le résultat ! Allez, repens-toi et estime-toi heureux de ne pas être renvoyé sur-le-champ, petit être présomptueux.

« On a vu le résultat » : non seulement il dédouanait son collègue mais, en plus, il me culpabilisait !

Dès cet instant, je sus que la partie était perdue.

Je baissai humblement la tête et je lui répondis, secoué :
— Veuillez me pardonner, père Gilbert, je ne savais pas, je pensais vraiment que...

Je n'eus pas le loisir de terminer ma phrase. Il m'interrompit et m'engloutit dans sa logorrhée interminable d'ecclésiastique tout-puissant.

Curieusement, père Jean fut muté dans une paroisse à l'autre bout de la province quelques semaines plus tard.

Mais ce fut tout.

La vie reprit ensuite son cours mais rien ne fut plus jamais comme avant.

Avec le décès prématuré de l'un ses quatre composants, toute notre petite cellule familiale vola en éclats. Chacun s'enferma dans sa bulle sans plus se soucier des autres.

Maman ne se pardonna jamais de nous avoir laissés seuls à la maison durant trois jours pour aller fêter à la côte son quinzième anniversaire de mariage avec papa. Elle sombra dans une dépression profonde dont elle ne se remit jamais vraiment.

Papa était dévasté. Il réagit à sa manière en redoublant d'ardeur au travail. Il commença à rentrer de plus en plus tard et à partir de plus en plus tôt.

Non seulement j'avais perdu mon frère mais je perdais aussi mes parents.

Par la suite, un sentiment profond de culpabilité m'accompagna tout au long de mon adolescence et de ma vie de jeune adulte.

Trois années d'analyse me furent nécessaires pour que je finisse par accepter de ne pas être intervenu ce fameux soir.

Le ralentissement brusque du train m'éloigna de ces souvenirs.

Tout en me regardant peureusement, père Jean était occupé à enfiler sa veste à la hâte. Je remarquai à ce moment qu'une petite croix ornait toujours le revers de celle-ci. Cela décupla ma rage.

Je le saisis à la gorge et, tout en serrant, je lui intimai de reconnaître enfin sa culpabilité.

Il voulut d'abord se libérer de mon étreinte, se débattit, résista, tenta de me repousser mais quand, soudain, il se mit à suffoquer, il comprit qu'il était engagé dans une lutte inégale. Alors, il tapa de la main droite sur le haut de mon épaule et il capitula.

Satisfait, je relâchai quelque peu mon étreinte pour qu'il parle, qu'il me libère enfin de mes démons.

Le visage cramoisi, il se contenta de me dire, tout essoufflé, d'un ton saccadé :

— C'est ici que je dois descendre.

Désarçonné et écœuré par tant de lâcheté, je le rejetai de toutes mes forces sur la banquette et je lui crachai à la figure :

— Salaud, j'espère que tu étoufferas dans ta bile et que tu crèveras dans d'atroces souffrances.

Il ne répondit pas, il se leva précipitamment, il courut jusqu'à la porte et il disparut.

Lorsque le train redémarra, je le vis, tel un spectre, s'éloigner dans la pénombre, d'un pas claudicant.

À mon retour à la maison, mon épouse m'accueillit, comme toujours, par sa phrase fétiche :

— Alors, la journée fut bonne, mon chéri.

— Épouvantable, mon amour. Nicole est décédée ce matin, lui répondis-je en grimaçant.

Dingue des Bleus

13 juillet 1998.

Hier, sur le coup de 23 heures, un séisme d'une magnitude de 9,5 a secoué la France, et m'a secoué.

Et un, et deux, et trois-zéro : les coqs ont pulvérisé le Brésil en finale de la coupe du monde de football.

Toute une population a exulté, et j'ai exulté !

J'ai beau, à plus de trente ans, n'avoir ni fric, ni boulot et nager dans les emmerdes, au coup de sifflet final, j'ai tout oublié.

Comme un gosse à qui l'on vient d'offrir le plus beau des cadeaux, je me suis retrouvé des étoiles plein les yeux.

Ouais, hier, j'ai été tout simplement heureux.

Devant la télé, avec mes trois potes, on a vécu très intensément la retransmission. On a crié, on a hurlé, on s'est beaucoup énervé et, après le match, on n'était pas loin de l'extase. Ainsi, on a applaudi comme des tarés et déliré lorsque Thierry Roland, notre Thierry national, a déclaré solennellement : « Je crois qu'après avoir vu ça, on peut mourir tranquille ».

Notre équipe est « Black, Blanc, Beur » et cette nuit, on est tous « Black, Blanc, Beur. »

La vie est belle, le monde est beau. L'espoir renaît.

L'euphorie, cela se partage, alors on s'est très vite senti trop isolés à quatre dans mon petit appartement et, chacun le maillot numéro 10 floqué au nom de Zidane – héros de toute une nation, mon héros – sur les épaules, on s'est précipités comme des dingues vers le centre-ville de Lille pour partager notre joie.

Nous les avons croisées, elle et ses deux copines, à l'intersection de la rue de Béthune et de la rue des Tanneurs.

Bang, choc frontal ! Je l'ai prise en pleine poitrine et, avant que nous ayons eu le temps de nous saluer, je me suis retrouvé par terre, allongé sur elle.

Surpris de nous retrouver ainsi enlacés, à même le sol, occupés de nous offrir en spectacle aux yeux de tous les passants, nous essayâmes de nous relever très vite en utilisant chacun le corps de l'autre comme appui mais, dans notre précipitation maladroite, nous ne réussîmes qu'à nous déséquilibrer et nous rechutâmes lourdement sur le sol.

Agacée, elle se mit alors à bougonner et elle me lança un regard mauvais. Je m'apprêtais donc à subir une volée d'injures quand, subitement, elle se détendit et éclata de rire, consciente du loufoque de notre situation.

Pour ma part, à cet instant précis, j'ai flashé sur elle !

— Y'a pas à dire, je me suis dit, cette nana au sourire enchanteur, à la peau hâlée, aux cheveux noirs frisés, au maillot brésilien lui moulant si bien les formes et au short bleu laissant apparaître de superbes jambes musclées, elle a tout pour elle ; elle a tout pour moi !

On a vu, dans notre collision inopinée, un signe du destin. Et emportés par l'allégresse ambiante qui régnait, on a décidé de faire la fête ensemble et on ne s'est plus quittés de la nuit.

On a bu. On a beaucoup bu. Au point que, sans trop savoir comment, je me suis retrouvé ce midi en ouvrant les yeux dans ce qui, je suppose, doit être son lit.

Un étau m'enserre le crâne.

Le cadran de ma montre indique treize heures quinze.

Sereine, la tête posée sur l'oreiller, le corps caché sous le drap blanc, elle repose à mes côtés, profondément endormie. Sa respiration est régulière.

Je ne résiste pas à la tentation et soulève délicatement le linge de coton. Aussitôt, à la vue de son corps nu, à l'abandon, un trouble sensuel intense s'empare de moi.

Mon mal de crâne se dissipe.

Dieu, qu'elle est belle.

Angoisse soudaine : il faut que je me souvienne de son prénom avant qu'elle ne s'éveille !

— Filou, tu dors ?

Je fais le mort, je ne réagis pas. Pris de panique lorsque j'ai senti qu'elle commençait à remuer, je me suis tourné vers le mur et j'ai fermé les yeux. Mais ai-je bien entendu ? M'a-t-elle bien, d'une voix mielleuse, appelé Filou ?

Mince, on en est déjà aux surnoms. Je dois rêver.

— Filou, tu dors ? répète-t-elle.

— Hé ! lui dis-je, d'une voix endormie.

— Et ben, dis-moi, tu en tenais une fameuse cette nuit, mon coco.

— Ouais, en fait, je dois bien t'avouer que je ne me souviens plus très bien, je lui réponds, en bafouillant quelque peu.

Et, m'enhardissant, d'ajouter :

— J'espère quand même que tu as apprécié ma compagnie et que j'ai été à la hauteur de tes espérances.

Comme je peux être lourd, parfois !

Sitôt ma phrase terminée, elle explose.

Oubliée la voix sucrée, elle hurle à présent :

— Et, mais pour qui il me prend l'apollon. Il ne s'imagine quand même pas que j'ai couché avec lui. Jamais la première nuit, c'est enregistré ? Je ne suis pas une sainte-nitouche mais, quand même, il y a des limites. On est champion du monde de foot mais, toi, même si tu portes son maillot, t'es pas Zidane, hein, mon coco ? Non, je te signale que t'étais tellement bourré que t'étais incapable de rentrer chez toi et que tes potes t'ont lâchement abandonné sur le bord du trottoir. Et t'as vraiment de la chance d'être tombé sur une bonne samaritaine, sinon je ne sais pas ce que tu serais devenu. En plus, en guise de remerciement, monsieur m'a salopé les toilettes comme ce n'est pas possible et, maintenant, il ose me demander si j'ai apprécié !

— Ouais, mais qu'est-ce que je fous dans ton pieu alors ? je m'entends lui répondre.

— Je n'allais quand même pas te laisser dormir par terre, hein ? Et puis, tu t'es affalé sur le lit comme une masse et, même si je l'avais voulu, avec le bide que tu as, jamais je n'aurais pu te relever. De toute manière, dans ton état, je ne craignais pas grand-chose, répond-elle toujours aussi énervée.

Tout penaud, comme un gamin à qui sa mère vient de faire la leçon, j'essaie alors de m'excuser le mieux possible.

— Je te demande pardon, je suis vraiment désolé, lui dis-je.

Et je crois bon d'ajouter :

— Le temps que durera notre relation, je te jure de ne plus boire un verre d'alcool. Plus jamais, tu entends.

— Eh, où tu vas là ? me répond-elle, l'air éberlué. Ne t'emballe pas, mon coco, je n'en ai rien à faire de tes promesses, moi. On ne se connaît même pas. Et puis, penses-y, je pourrais avoir un mec.

— Tu déconnes, lui dis-je, est-ce que si t'avais un mec, tu serais occupée à me tripoter nonchalamment la bite tout en discutant ?

Déconcertée par ma réplique, oubliant toute pudeur, elle sort d'un bond du lit et m'apparaît dans toute la splendeur de sa nudité. Puis, s'apercevant que j'en profite pour la mater, elle ne trouve pas mieux pour se voiler que de tirer vers elle le drap qui me recouvre.

Et là, à la vue de mon sexe en érection, elle s'esclaffe !
— Repos, l'hymne national, c'était hier, me dit-elle, hilare.
— Allez les bleus, je lui réponds.
Et un fou rire incontrôlable nous emporte.
Je suis assez fier de ma réplique.
C'est sûr, sur ce coup-là, je ne m'en suis pas mal sorti, me dis-je tout en riant, mais comment lui demander maintenant de me rappeler son prénom sans qu'elle se cabre ?
Ah, vraiment, cette fille, c'est la femme de ma vie !

11 juin 2002.

— Réveille-toi, Latifa, il est déjà presque huit heures, on va rater le début du match.
— Pff.
— Allez, magne-toi.
— Oh ! tu m'ennuies avec ton foot. Et puis, tu sais, c'est foutu.
— Foutu ! Mais qu'est-ce que tu racontes, coussin d'amour ? T'es dingue ou quoi ? Zidane va jouer aujourd'hui. Il est rétabli, alors on va leur mettre une branlée à ces Vikings et on va passer en seizième, tu verras.
— Bah, c'était quand même plus marrant en quatre-vingt-dix-huit, non ? Et puis, la Corée, c'est si loin. Moi, j'aimais vivre ça de l'intérieur, tu comprends ? Et arrête de m'appeler coussin d'amour. Tu t'es déjà regardé dans un miroir ? Jamais t'aurais osé me parler comme ça, il y a quatre ans.
— Ouais, ouais, bon, je m'excuse. Mais arrête, tu vas réussir à me saper le moral avant le coup d'envoi. Allez, je m'en vais allumer la télé et je t'attends dans le salon. Et enfile ton nouveau maillot des bleus, il nous portera bonheur.

Putain ! Elle a raison ; c'était mieux en France. À tous les niveaux.
Merde, quatre ans déjà dans un mois que nous sommes devenus champions du monde et qu'on s'est rencontrés ! je le crois pas.
Et dire qu'au départ, je l'avais prise pour une Brésilienne.
Ah ! ma tête à l'époque lorsqu'elle m'avait avoué être française. Ouais, nous deux, y'a pas à dire, c'est une bien belle histoire. Un vrai conte de fées.
Ouais, surtout pour moi !

Deux semaines après la victoire, j'ai fêté mon trente-deuxième anniversaire en allant m'installer chez elle. Et un mois plus tard, son père m'a engagé comme cadre moyen — cadre ! moi qui ai raté deux fois le bac — dans sa société d'import-export. Cela roule pour lui. Il brasse des millions. Latifa épaule son père. Son bras droit, c'est elle. Un vrai boss, ma femme. À la maison aussi d'ailleurs. Elle gère tout. C'est une patronne, rien à faire. Elle aime prendre les décisions et elle a un avis tranché sur tout. Il ne faut d'ailleurs pas trop la contredire. Mais bon, je m'en accommode. C'est le capitaine de l'équipe, l'entraîneur du couple. C'est elle qui discute avec la direction des primes de victoires. Et avec son père, elle ne s'en sort pas trop mal. Moi, je suis plutôt le porteur d'eau. Mais dans une équipe, des porteurs d'eau, il en faut.

Ah, c'est vrai que j'ai pris du bide ! Vingt kilos en quatre ans. Faut vraiment que j'arrête la bière, que je supprime les chips et que je fasse un peu d'exercices. Mais le jus de houblon, c'est si bon. Et puis, je ne peux quand même pas renier mes racines nordistes. Et le sport, c'est bien à la télé ou au stade, mais en tribune. En spectateur, quoi. Et puis mince, c'est quand même vrai qu'elle a aussi de fameuses poignées d'amour maintenant.

Elle pense à un mioche. Bof ! cela ne m'emballe pas.
— J'ai vingt-six ans, c'est le bon moment, me dit-elle.
Évidemment, si j'étais sûr qu'elle accouche d'un garçon doué pour le foot, je n'hésiterais pas. Mais bon, je suis lucide, il n'aurait pas d'excellents gènes. Et puis, je ne suis même pas foutu de gagner dix euros au loto. Alors, un champion qui enflammerait le Stade de France !

— Latifa, grouille. Les joueurs pénètrent sur la pelouse.

Ah, c'est dur de les voir là-bas ! Dire qu'on aurait pu y être, participer à la grand-messe. Mais, rien à faire, même lorsque j'ai abordé le sujet avec elle après une séance d'amour torride, alors qu'elle était pourtant parfaitement détendue, elle n'a pas cédé.

Tout ce qu'elle m'a proposé à ce moment-là, a été d'acheter un nouveau téléviseur grand écran. Bof, c'est déjà ça !

Cela aurait pourtant été bien de pouvoir les suivre en Asie. Mais, selon elle, le contexte économique ne s'y prêtait pas actuellement.

En fait, je la soupçonne de se désintéresser des bleus. Et ça, j'ai du mal à l'accepter !

Ce n'est pas possible ! On rentre à la maison. Battus 2-0 par une équipe de culs-de-jatte ! Je suis mort. Désespéré. La fête va continuer sans nous.

Et elle qui, à la fin du match, me sort :

— Eh ben, comme ça, on va pouvoir regarder autre chose que du foot à la télé.

Elle est dingue. Se rend-elle compte du désastre ?

Fais chier, là, Latifa !

<u>9 juillet 2006.</u>

Près de minuit, je suis anéanti !
Dans ma vie, il y avait le douze juillet 1998 ; maintenant, il y aura le neuf juillet 2006.
Comme plus de 86 % des Français, je croyais pourtant dur comme fer qu'on allait décrocher notre deuxième étoile ce soir. Pour nous, c'était sûr, après ce soir Berlin devait devenir, non plus symbole de la chute du mur, du recul du communisme ou autres conneries de ce genre, mais bien l'endroit où l'équipe de France avait conquis de haute lutte, face à des Italiens, valeureux certes, mais intrinsèquement inférieurs, sa deuxième coupe du monde.
Rêve envolé !

Tout avait pourtant merveilleusement commencé. On a mené au score, on les tenait, on s'apprêtait à les assommer définitivement et puis, soudain, on encaisse et le doute émerge dans l'équipe ; les fissures surgissent dans le bloc.
Mais ensuite, malgré tout, on reprend espoir peu à peu. On arrive à la prolongation. C'est sûr, physiquement, on va les avaler ces bouffeurs de spaghettis.
Et puis, la catastrophe.
Zidane, notre Zidane !
110e minute : coup de tête sur Materazzi et expulsion immédiate.
Le début de la fin.
Et l'horreur absolue quand, lors de la séance des tirs au but, Grosso, cinquième tireur, propulse le ballon au fond des filets et inscrit le but décisif. Celui-là, sur le moment, si j'avais pu, à le voir courir comme un dingue après avoir marqué, je l'aurais bien descendu.
J'en suis malade.

Quel drame, quel cauchemar.
Il faut que je m'éveille. Il faut qu'on rejoue le match.

Latifa n'a pas supporté le choc non plus.
Elle est allongée sur le sol face contre terre. On la croirait endormie.
C'est foutu !
Dire qu'en l'invitant, je pensais pourtant pouvoir repartir sur de nouvelles bases avec elle.
C'est vrai, quoi, on a quand même connu de grands moments ensemble.

Après la Corée, son désir d'avoir un gosse est vite devenu une obsession et son incapacité à tomber enceinte l'a beaucoup perturbée.
Dès lors, plus rien n'a jamais été pareil.
Elle a placé toute son énergie dans son boulot, m'a fait comprendre que le foot, en fait, elle n'en avait plus rien à cirer. Elle m'a sommé de devenir adulte, de penser à notre couple, à l'avenir.
Un soir, elle m'a même demandé de lire autre chose que « L'Équipe ».
Là, je l'avoue, elle m'a blessé. À cet instant, le ressort de la passion s'est brisé net en moi.
Peu après, les engueulades ont d'ailleurs commencé. La routine l'a emporté et on a fini par détester tout ce qu'on adorait chez l'autre auparavant.
Comme dans beaucoup de couples, l'amour s'était insensiblement envolé.

Cela a duré, duré et puis, un soir, il y a trois mois, elle s'est tirée. Ou, plus précisément, elle m'a demandé de me tirer.
— Il faut que je réfléchisse, que je fasse le point, elle a dit.

Elle m'a aussi juré qu'il n'y avait pas d'autre homme dans sa vie.

J'ai bien voulu la croire.

Je suis parti le lendemain matin, persuadé de ne plus la revoir.

Mais ensuite, devoir vivre cette nouvelle coupe du monde seul, jusqu'aux portes de la finale, m'a ouvert les yeux.

Sans elle à mes côtés, les matches n'avaient plus la même saveur.

Je l'aimais encore.

Plus que tout.

Plus que le foot.

J'ai donc pris mon courage à deux mains, j'ai ravalé ma fierté et j'ai tenté le coup : je lui ai téléphoné hier pour lui proposer de vivre le match décisif à mes côtés.

— En souvenir du bon temps, lui ai-je dit.

À ma grande surprise, elle a accepté et elle m'a même invité chez elle… chez nous.

À mon arrivée, elle m'a accueilli gentiment.

On s'est fait la bise.

On a d'abord mangé et on n'a parlé de rien, de tout, de foot. Surtout de foot.

On a bien ri aussi.

Comme si de rien n'était.

Pour l'occasion, elle s'était racheté un maillot de l'équipe.

Elle est superbe en bleu.

On s'est installés dans le sofa.

Le match a débuté.

Je l'ai embrassée.

Elle a souri.

— Elle n'est pas belle la vie, je me suis dit.
À la mi-temps, j'ai un peu râlé.
Elle n'a pas bronché.
À la fin du temps réglementaire, je me suis beaucoup énervé.
Elle a froncé les sourcils.
Après l'élimination, j'ai déblatéré contre l'arbitre.
Alors, elle s'est énervée et m'a dit :
— Décidément, t'as pas changé.
J'ai voulu qu'elle me console ; je me suis approché.
Elle s'est levée et m'a gentiment repoussé.
Je lui ai demandé :
— T'as quelqu'un ?
Elle m'a répondu :
— Ben oui, qu'est-ce que tu crois ?
Je lui ai dit :
— Alors, nous deux, c'est vraiment fini ?
Elle a soulevé les épaules et hoché la tête en signe d'acquiescement.
Et là, je ne sais pas exactement ce qui m'a pris mais, fou de rage, je me suis levé à mon tour, je me suis avancé vers elle et, de la même manière que mon idole, je lui ai décoché un puissant coup de boule. Sous la violence du choc, elle s'est écroulée d'une masse.
Sa nuque a cogné la table basse.
Un verre s'est brisé.
Le sang a giclé.

Je crois bien qu'elle est morte.
Merde, les bleus ont perdu.

Vengeance tardive

1. Arsène.

La réunion était sur le point de se terminer lorsque mon smartphone a vibré.

Le directeur des ressources humaines venait de nous présenter le plan de réduction des effectifs proposé par le siège central et nous allions devoir à présent répercuter les mauvaises nouvelles au personnel. J'ai machinalement jeté un coup d'œil sur l'écran. C'était Ludovic qui tentait de me contacter.

« Pour que mon frangin appelle, faut vraiment que cela soit important » ai-je pensé, irrité.

Je ne peux pourtant pas dire que mes relations avec Ludovic étaient mauvaises, non, car nous nous croisions toujours avec beaucoup de plaisir, mais elles étaient rares. En fait, nous vivions dans deux mondes parallèles.

Lui, marginal endurci, touche-à-tout bohème au physique de grand adolescent malgré ses quarante ans, en couple depuis des années avec Sophie, féministe au physique attachant, révolutionnaire dans l'âme, prête à partir au combat chaque matin pour changer le monde.

Moi, cadre « dynamique » de quarante-cinq ans, bien assis dans la vie, fier de sa réussite, marié depuis vingt ans à Cendrine, épouse exemplaire ayant veillé à élever, dans la rigueur et le sens des traditions, notre fille unique Estelle, dix-huit ans, entrée à l'université il y a quelques mois.

Le bip d'appel manqué m'a sorti de ma rêverie.

« Un malheur n'arrive jamais seul. Après l'annonce de la boîte qui croule, manquerait plus qu'il soit arrivé quelque chose à notre paternel », me suis-je dit en coupant l'appareil.

J'ai soupiré et pensé à papa.

Depuis le décès de maman, voici quatre ans, d'un accident vasculaire cérébral foudroyant, il vit seul, perclus d'arthrose. Mais inutile de lui parler de maison de retraite. Si l'un d'entre nous ose aborder le sujet avec lui, sa réponse fuse, invariable : « Tuez-moi tout de suite si vous souhaitez vous débarrasser de moi ! » Trois chutes et deux hospitalisations plus tard, il est toujours là. Et toujours aussi têtu !

J'ai souri intérieurement puis, accaparé par le boulot et les négociations à mener, je n'y ai plus songé.

En fin de journée, vers dix-neuf heures, alors que je rejoignais ma voiture, une Audi A6 dernier cri, j'ai repensé à l'appel de Ludovic. Je me suis mis au volant, j'ai démarré, j'ai branché le kit mains libres et je l'ai rappelé. Il a répondu après la cinquième sonnerie, juste avant que je ne raccroche.

— Eh ben, mon vieux, il ne faut pas être pressé si on veut te parler, m'a-t-il dit en décrochant.

Je me suis vaguement excusé, je lui ai répondu que, de toute manière, si cela avait été très important, il m'aurait recontacté et je lui ai demandé si papa était une nouvelle fois tombé.

— Non, t'inquiète.

— Qu'est-ce qui me vaut ton appel, alors ?

Il s'est tu un moment et je l'ai entendu inspirer profondément.

« Ouais, il a encore besoin de fric », me suis-je dit.

Je me trompais car lorsqu'il m'a enfin répondu, j'ai perçu un certain émoi, proche de l'excitation, dans le son de sa voix.

— Euh, j'aimerais mieux qu'on se retrouve pour en parler, m'a-t-il dit mystérieusement.

— T'as fait des bêtises ?

Il a ricané.

— Mais Arsène, pourquoi devrais-je avoir le monopole des conneries dans cette famille ?

Pour ne pas l'irriter, j'ai préféré ne pas répliquer.

— C'est vraiment urgent ? lui ai-je demandé.

— Pour toi oui, m'a-t-il répondu.

Je n'ai pas relevé. Après la journée que je venais de vivre, je n'avais vraiment pas envie de jouer aux devinettes et, là, il commençait sérieusement à me taper sur les nerfs.

— Passe demain soir après vingt heures à la maison, lui ai-je lancé d'un ton sec.

— Surtout pas, avec ce que j'ai à te montrer, il serait préférable que ce soit toi qui viennes chez moi.

— Oh, Ludovic, comme tu peux être chiant !

— Ouais, et bien demain soir, c'est peut-être toi qui vas en chier, m'a-t-il asséné.

Je n'ai pas voulu m'embarquer dans une énième dispute avec lui. Je lui ai dit que je passerais le lendemain et j'ai raccroché.

« Pff, j'espère que Sophie sera absente, ai-je songé alors, depuis notre petite aventure, elle me hait. »

Dix minutes plus tard, Cendrine m'accueillait sur le seuil de la porte.

— Je t'ai préparé ton plat favori, m'a-t-elle annoncé, toute souriante.

« Y'a pas à dire, cette femme sait parler aux hommes », ai-je pensé aussitôt en l'enlaçant.

Le lendemain, il était près de vingt et une heures quand je suis arrivé chez Ludovic.

La journée avait été particulièrement difficile : les syndicats avaient décidé de débrayer et les pontes du siège central nous avaient intimé de régler ce problème sans tarder.

« Vous êtes grassement payés, alors remuez-vous », nous avaient-ils dit, et nous savions tous ce que cette phrase sous-entendait.

J'étais lessivé et j'aurais préféré rentrer directement à la maison mais j'avais promis à Ludovic de passer.

— Sophie est au cinoche avec une copine. On sera mieux pour parler, m'a-t-il dit après m'avoir servi un whisky.

Je n'avais toujours aucune idée de la raison pour laquelle il souhaitait me rencontrer.

— Bon Ludo, ne perdons pas de temps : accouche. Qu'as-tu de si important à m'annoncer ? lui ai-je demandé, impatient.

— Attends une seconde, je reviens.

Il s'est éclipsé et m'a laissé seul dans le désordre du salon. Avant de prendre place sur le sofa face à la télé, j'ai pris soin d'épousseter celui-ci avec l'un des deux mouchoirs propres que je ne manque jamais d'emporter chaque matin avant de quitter la maison. Une nuée de poils de chat s'est dispersée dans la pièce.

« Ces bohèmes », ai-je pensé en haussant les épaules.

Il est revenu un ordinateur portable à la main. Silencieux, il s'est assis près de moi et il l'a allumé.

— On nage en plein mystère, lui ai-je dit en souriant.

Il n'a pas réagi. Il a attendu que la connexion internet s'établisse puis il a posé l'appareil sur la table de chevet devant nous. Il s'est retourné, il m'a regardé d'un air sérieux que je ne lui connaissais pas et il m'a dit :

— Arsène, ce que j'ai à te montrer est bizarre, inimaginable même ! Tu sais, Arsène, je compte vraiment sur toi pour m'éclairer.

Là, j'ai cru comprendre. Il m'avait demandé de passer chez lui pour me montrer des images de pseudos objets volants non identifiés risquant d'anéantir notre belle planète ou un truc bizarre dans ce genre. En les découvrant sur le Web, il avait pris peur et avait souhaité que son frangin, cartésien, le rassure, comme il l'avait rassuré toute son enfance ; qu'il lui explique de A à Z ce qui clochait dans cette histoire abracadabrante.

Du coup, dans le rôle du grand frère protecteur, je me suis senti beaucoup plus serein et, enfin détendu, j'ai avalé une nouvelle gorgée de whisky.

Après un long moment de silence, il a repris :

— Tu sais Arsène, il m'arrive le soir... la nuit... de... comment dirais-je... de regarder parfois des trucs pas trop cathos... euh... si tu vois ce que je veux dire.

— Toi, mon frérot, tu mates des sites de cul, lui ai-je dit en éclatant de rire.

Et face à son air contrit, j'ai ajouté :

— Oh ! tu sais, cela m'est arrivé aussi. Histoire de ne pas mourir idiot !

Ensuite, je lui ai donné une tape amicale dans le dos mais je comprenais de moins en moins ce qu'il attendait de moi !

Il a haussé les épaules puis a poursuivi :

— Ouais, ce n'est pas tout à fait ça mais finalement je crois que les images valent mieux que les paroles.

Il a posé alors l'ordinateur sur ses cuisses, s'est approché au plus près de moi afin que nous puissions voir l'écran tous les deux, m'a jeté un regard de biais, a recherché le site dans ses favoris, trouvé l'extrait qui l'intéressait et il l'a lancé.

Trente minutes plus tard, j'étais anéanti.

Les barrières du monde dans lequel je croyais évoluer en toute sécurité, venaient de céder !

2. Cendrine.

Je venais de rentrer de mon cours de cuisine et je m'apprêtais à prendre une douche bienfaisante quand on a sonné. Agacée que l'on me perturbe à cette heure dans mes habitudes, je suis allée ouvrir à contrecœur.

— Salut, j'espère que je ne te dérange pas ? m'a demandé ma belle-sœur le sourire aux lèvres.

— Non, bien sûr, Sophie. Mais quelle surprise ! Figure-toi qu'Arsène vient de m'appeler pour me prévenir qu'il passe chez vous avant de rentrer, lui ai-je répondu tout en m'écartant pour la laisser entrer.

— Oh, zut ! je ne savais pas, m'a-t-elle dit d'un air faussement surprise.

« Décidément, ces deux-là feront toujours tout pour s'éviter », ai-je alors pensé pendant que nous nous embrassions chaleureusement.

— Mais qu'est-ce qui me vaut l'honneur de ta visite ? lui ai-je demandé.

— Des trucs, a-t-elle simplement répondu.

Tout en nous dirigeant vers le salon, je lui ai proposé un apéritif. Elle a préféré une bière que je lui ai servie bien fraîche.

On a ensuite commencé à papoter de tout et de rien pendant un long moment puis, brusquement, Sophie m'a demandé :

— Dis-moi Cendrine, sexuellement, avec Arsène, ça boume encore ?

J'ai rougi. Je sais que Sophie est libérée, qu'elle n'a pas de tabous mais, pour ma part, je n'ai jamais aimé aborder ce genre de conversations avec autrui. Et certainement pas de manière si crue, si directe !

— Sophie, petite coquine, comme te voilà soudainement bien curieuse, lui ai-je répondu d'un ton se voulant jovial.

Elle n'a pas relevé, a jeté un coup d'œil à sa montre, comme si elle était pressée, puis a ajouté :

— Je me demandais simplement si cela clique toujours au lit entre Arsène et toi après plus de vingt années de vie commune.

Là, j'ai cru avoir compris : elle devait connaître une période difficile avec Ludovic et elle souhaitait que je la rassure :

— Oh ! tu sais Sophie, l'amour évolue. Il est normal qu'avec le temps, les relations s'espacent mais cela ne signifie pas pour autant que l'amour disparaît.

J'ai tenté de la rassurer. Je lui ai parlé de tendresse, de complicité. Je lui ai dit de ne pas s'inquiéter si elle et Ludovic connaissaient une période un peu plus calme... Mais, bien sûr, je ne lui ai pas avoué que, personnellement, j'avais été ravie quand mes relations avec Arsène s'étaient distancées et comblées lorsqu'elles s'étaient arrêtées. Je ne lui ai pas confessé non plus que les relations sexuelles m'avaient toujours un peu ennuyée, un peu dégoûtée.

Elle m'a interrompue :

— Oh, avec Ludo, tout va pour le mieux ! Par contre, toi, je suis certaine qu'Arsène ne te touche plus.

Là, elle exagérait.

— Et même si c'était vrai, est-ce que cela te regarde ? lui ai-je demandé, offusquée.

— Un mec de quarante-cinq berges qui ne te baise plus, même si tu vis avec lui depuis plus de vingt ans, ce n'est pas normal, il y a anguille sous roche, a-t-elle dit.

Que se passait-il ? Était-elle ivre ? Je ne l'avais jamais connue aussi agressive, aussi dérangeante.

Elle commençait très sérieusement à m'exaspérer avec son vocabulaire grossier, avec ses allusions déplacées.

— Où veux-tu en venir et qu'est-ce qui te fait d'ailleurs croire que nous n'avons plus de relations ? lui ai-je demandé sèchement.

Elle a ricané :

— Tu l'as déjà vu, ton chaste mari, comme il me mate lorsqu'on se rencontre. T'as déjà bien regardé comme il me déshabille des yeux, comme il essaie de deviner la courbe de mes formes sous mes fringues. Observe bien son regard et tu le verras bander. Alors, s'il agit ainsi, en ta présence de surcroît, avec sa belle-sœur avec laquelle, il le sait, il n'a plus aucune chance de conclure, tu peux imaginer de ce que cela doit être en ville, au bureau, ou... où sais-je encore. Non, crois-moi, ton mec a le regard d'un prédateur sexuel, pas celui d'un saint homme.

Estomaquée, je lui ai demandé d'arrêter de parler de mon mari d'une telle manière. Je lui ai dit se mêler de ses affaires, que nous nous accommodions très bien de cette façon de vivre, certes un peu tiède, peut-être, mais tellement enrichissante. Je lui ai dit qu'elle devrait avoir honte d'imaginer qu'Arsène puisse avoir une quelconque attirance pour elle.

Je ne la reconnaissais plus. Sophie avait toujours eu son franc-parler mais elle n'avait tout de même jamais été outrancière à ce point.

— Évidemment si le cul ne t'intéresse pas plus que cela, alors on ne peut pas lui en vouloir d'aller chercher son bonheur ailleurs, a-t-elle surenchéri.

J'étais abasourdie, pétrifiée. Quelle mouche l'avait donc piquée ?

— Qu'est-ce que tu insinues ?

Elle a haussé les épaules.

J'ai alors hurlé :

— Arsène et moi n'avons aucun secret l'un pour l'autre. Aucun secret, tu m'entends ?

Elle a pris son verre de bière sur la table et elle l'a vidé d'un trait, puis elle m'a regardée curieusement et elle m'a dit :

— J'ai quelque chose de très enrichissant à te montrer sur Internet.

— Eh bien montre, vas-y ! Qu'est-ce que tu attends ? lui ai-je répliqué, passablement secouée.

Elle a paru satisfaite de me voir ébranlée, a sorti son portable de sa sacoche et a insisté :

— Très, très enrichissant, tu verras.

Mon Dieu, je ne reconnaissais plus ma belle-sœur !

Moins d'une demi-heure plus tard, j'étais occupée à vomir aux toilettes, anéantie.

Ce que je venais de voir dépassait l'entendement.

Comment avais-je pu, pendant plus de vingt ans, avoir une telle confiance en Arsène ? Comment avais-je pu croire qu'un homme puisse ne pas vous mentir, puisse vous rester fidèle ? Depuis combien de temps durait ce manège abject ?

Sophie venait de m'ouvrir les yeux mais je ne parvenais pas à lui en être reconnaissante. Au contraire, j'aurais voulu la tuer.

3. Elle et lui.

Les premières secondes du film, la chambre, aux murs peints en rouge, uniquement garnie d'un lit au matelas recouvert d'un drap de satin de couleur ocre, d'un guéridon en acajou, d'une chaise cannée et d'une table de nuit, est inoccupée.

Le plan est fixe. La caméra est située au plafond. Elle doit avoir été placée derrière le miroir sans tain recouvrant entièrement celui-ci.

Il doit s'agir d'une chambre d'un hôtel de charme de luxe où les plaisirs sont tarifés chèrement.

Une femme, encore jeune, vêtue d'une guêpière, d'un string et de bas noirs, pénètre dans la pièce. Elle porte des chaussures à hauts talons. Elle a les cheveux châtains, très raides, coupés à la garçonne. Elle pose le grand sac bleu qui lui encombre les bras sur la chaise et son sac à main sur la table de chevet. Ensuite, elle lance un regard circulaire dans la pièce, comme doit le faire un metteur en scène au théâtre avant une représentation pour s'assurer que rien ne cloche. Puis, elle lève les yeux et porte un œil blasé vers la caméra. Enfin, elle s'assied sur le bord du lit, croise les jambes et attend.

Quelques instants plus tard, un homme entre à son tour. Il est vêtu d'un costume gris foncé, à coupe droite, très élégant ; il porte une chemise blanche et une cravate de soie. Ses chaussures noires sont vernies.

Elle s'approche de lui. Ils échangent quelques mots et il lui remet quelques billets qu'il sort de son portefeuille. Elle les fait disparaître aussitôt discrètement dans son sac à main.

L'homme sort ensuite par la seconde porte, celle-ci doit mener à la salle de bains.

Pendant son absence, la femme sort du sac bleu un martinet, une paire de menottes, un bâillon, un collier et divers autres accessoires SM. Elle place le tout consciencieusement sur le guéridon.

Après quelques minutes, l'homme revient dans la chambre. Il ne porte plus sur lui qu'un slip de vinyle noir orné d'une chaînette. Son crâne est légèrement dégarni et son ventre révèle un léger embonpoint.

Il s'approche de la femme, il s'agenouille devant elle et il lui baise les pieds.

On dirait qu'il lui fait acte de soumission.

À les voir agir ainsi sans hésiter, on s'aperçoit que le cérémonial auquel ils s'adonnent est bien rodé.

Elle se saisit ensuite du martinet et, d'une main experte, elle lui administre quelques coups sur les fesses tout en lui ordonnant de se relever.

Il obéit sans broncher.

Puis, elle prend le collier et elle le lui passe autour du cou.

Comme un chien, le voilà en laisse…

Un peu moins d'une demi-heure plus tard, leur tête-à-tête équivoque achevé, il pénètre à nouveau dans la salle de bains.

La femme en profite pour ranger le matériel dans le sac bleu. Elle bâille.

Pas plus de trois minutes ne s'écoulent avant que l'homme ne pénètre à nouveau dans la pièce, rhabillé.

Ils s'échangent quelques paroles et il quitte la chambre.

Le film, d'une froideur sinistre, se termine sur cette image.

4. Arsène.

Après avoir éteint le portable, Ludovic s'est levé et il est allé récupérer la bouteille de whisky sur la table. Sans un mot, il a rempli nos deux verres puis il s'est rassis dans le sofa. Perdus dans nos pensées, nous sommes restés silencieux de longues minutes côte à côte.

Je me sentais mal. Très mal.

Les questions se bousculaient dans ma tête.

Qui m'avait tendu ce piège infect et pour quelles raisons obscures ?

N'avons-nous donc pas le droit de vivre comme nous l'entendons ?

Oui, je fréquentais depuis des années les prostituées. Oui, je m'adonnais à ce que certains considèrent comme un vice. Et alors ? Qui pouvait m'en blâmer ? Tout s'était toujours déroulé entre adultes consentants. Personne n'en avait jamais souffert.

Bien sûr, je l'avais caché à Cendrine. Oui, on peut dire que je lui avais menti par omission. Mais ne peut-on conserver sa part d'ombre ? Doit-on avouer l'inacceptable pour l'autre ? Je n'avais jamais eu l'impression de trahir mon épouse mais plutôt celle de la protéger. Je l'aime comme peu d'hommes aiment leur moitié. Assouvir de temps à autre mes besoins intimes extrêmes m'avait permis de chasser mes démons, de décompresser, de vivre sereinement. Tout cela n'était rien d'autre qu'une soupape de sécurité salutaire !

Et maintenant, ma vie risquait de voler en éclats comme vola d'ailleurs en éclats celle de ce célèbre politicien, piégé lui aussi et cloué au pilori avant même son procès.

Comment ce foutu film avait-il pu aboutir sur ce site porno, accessible à tous ? Qui l'avait tourné ? Qui en était l'instigateur ?

Je n'y comprenais rien. Je ne me connaissais pas d'ennemis. Alors pourquoi ? Oui, pourquoi ?

Aucun sentiment de honte, aucun regret ne m'habitait ! Rien qu'une rage, une rage folle à l'encontre du ou des responsables de ce cataclysme qui allait, à n'en pas douter, se répandre maintenant comme une traînée de poudre.

— Tu sais, si tu veux, t'as pas besoin de m'en parler et de te justifier. Dans la vie, chacun sa misère. Moi, tout ce que je voulais, c'est te prévenir, m'a dit Ludovic.

Cela m'a touché. Je l'ai serré un long moment dans mes bras. Puis, je lui ai demandé :

— Comment t'as su ?

— Le hasard, je t'assure.

Je connaissais trop mon frère pour ne pas avoir remarqué, à son regard fuyant, qu'il mentait. J'ai insisté :

— Arrête tes conneries, Ludovic. Réponds-moi franchement maintenant.

Il a hésité, il s'est frotté le front avec la main droite, il s'est balancé le corps d'avant en arrière, et, finalement, il m'a dit :

— Sophie. C'est Sophie qui m'a prévenu qu'il y avait des trucs louches qui circulaient sur toi sur la toile. Quand je lui ai demandé de quoi il s'agissait, elle m'a montré le film...

— Et ?

— Et... elle m'a suggéré de t'en parler. Mais elle m'a aussi supplié de ne pas te révéler qu'elle est au courant. Je crois vraiment qu'elle ne veut pas que tu t'inquiètes en imaginant qu'elle pourrait ébruiter l'histoire. Tu sais Arsène, Sophie n'est pas aussi rancunière que tu l'imagines.

— Merde, Ludovic, et elle est tombée sur ce truc comment ?

Il m'a regardé, il a haussé les épaules et il m'a répondu :

— J'en sais rien. J'en sais fichtrement rien Arsène.

Dépité, je lui ai dit :

— Merci, merci de m'avoir prévenu, frérot.

Puis, j'ai rejoint ma voiture, ébranlé évidemment, mais surtout furieux, car l'unique responsable de ce plan machiavélique, c'était elle, j'en étais certain !

5. Cendrine.

Je suis restée un long moment aux toilettes.

Assise sur la cuvette, les coudes sur les cuisses, la tête dans les mains, j'ai tenté de me calmer.

J'ai essayé de mettre en application les principes que m'avait enseignés mon psy à l'époque où je le fréquentais assidûment : « En cas de crise, il faut que tu puisses t'élever pour te détacher de tes émotions et être capable d'analyser posément la situation conflictuelle. »

Hum ! plus facile à dire qu'à faire.

Finalement, j'en arrivais cependant quand même à me raisonner quelque peu, à me persuader de ne pas prendre de décisions trop hâtives que je pourrais très vite regretter, quand on a frappé.

— Cendrine, ça va ? on a demandé timidement.

Sophie ! Je l'avais presque oubliée, cette vipère !

Sa présence ici, chez moi, derrière la porte, à deux mètres tout au plus, m'exaspérait.

Je ne parvenais pas en fait à comprendre la raison pour laquelle elle s'était empressée de venir me déballer toute cette histoire. Il aurait sans doute été plus honnête d'en parler d'abord à Arsène, le principal intéressé. Bien sûr, elle et lui ne s'étaient jamais beaucoup appréciés mais, quand même, dans une situation aussi scabreuse, aussi délicate, elle aurait pu faire abstraction des sentiments d'animosité qui peuvent l'habiter. Sophie n'avait-elle donc aucun sens de la famille ?

C'était vraiment comme si elle traînait derrière elle une rancœur profonde envers Arsène.

« Une rancœur profonde envers Arsène ! »

Mais oui, c'est évident... le passé qui resurgit... les rancœurs qui remontent à la surface.

Comment n'y ai-je pas pensé plus tôt ?
La garce !

Folle de rage, j'ai ouvert la porte, je l'ai saisie au cou et je l'ai plaquée violemment contre le mur.
— Salope, ça te ferait plaisir de voir mon couple voler en éclats, hein ? lui ai-je lancé.
Elle est devenue livide.
— Cendrine, qu'est-ce qui te prend ? m'a-t-elle répliqué, épouvantée.
— Pourquoi, pourquoi t'as manigancé tout ce tripotage ? Car c'est toi, hein, c'est bien toi qui es à l'origine de ce carnage ? lui ai-je demandé en la serrant de plus en plus fortement.
— Ton mec n'est qu'une pourriture, elle a alors beuglé tout en commençant à sangloter.
Je l'ai relâchée brusquement, puis je lui ai crié :
— Ce sont tes oignons s'il se paie des putes ? Ce ne sont pas plutôt les miens ?
— Et le gosse, tu l'oublies le gosse, a-t-elle répondu.
Surprise, je me suis écartée d'elle, complètement paumée.
« De quel gosse était-elle occupée à me parler ? »

6. Sophie.

C'était il y a une éternité.
Arsène avait vingt ans, j'en avais dix-huit.
Nous sortions ensemble depuis un peu plus d'un an quand je me suis retrouvée enceinte. C'était de ma faute. Un soir, bêtement, j'avais oublié ma pilule.
Quand je lui avais annoncé la nouvelle, il avait été le plus heureux des hommes.
« Papa, tu te rends compte, je vais être papa », répétait-il sans cesse en me serrant dans les bras.
Je n'étais pas surprise. J'étais certaine qu'il réagirait ainsi. On s'aimait tellement.
Je devais normalement entamer mes études d'art dramatique à la rentrée de septembre mais, peu importe, j'étais prête à y renoncer et, comme mes parents étaient prêts à nous aider financièrement, Arsène allait pouvoir terminer ses deux dernières années d'université sans souci.
Nous étions gais, joyeux, insouciants.
Durant cette période, pendant quelques semaines, j'ai touché au bonheur !
Puis, curieusement, aux alentours du troisième mois de ma grossesse, son attitude a changé peu à peu. Il est devenu irritable, il s'emportait pour des peccadilles.
Dans un premier temps, je ne m'en suis pas formalisée outre mesure mais un soir, alors que nous discutions de la date de notre mariage, il m'a sorti que ce n'était pas possible, que nous étions des inconscients.
D'un seul coup, le ciel m'est tombé sur la tête !
En fait, il en avait enfin parlé à ses parents et ceux-ci l'avaient persuadé qu'il allait foutre sa vie en l'air s'il se mariait avec moi, si on avait ce gosse.

Et évidemment, en bon fils à papa, il les avait crus !

Les jours qui ont suivi ont été pénibles. J'ai tenté pendant des heures de le raisonner, de lui démontrer qu'à force d'amour, nous pouvions y arriver. Rien n'y a fait. Sourd à mes paroles, il restait sur ses positions. Pire, un soir, il m'a fourni l'adresse d'un docteur à l'étranger susceptible de m'aider à avorter. Mais, grand prince, il m'a signifié qu'il ne me laisserait pas tomber dans ces moments délicats et qu'il m'accompagnerait au cours du voyage.

J'en étais littéralement épouvantée et, en pleurs, je l'ai repoussé.

Mais le lendemain, il est revenu à la charge. Il a tenté de me persuader d'accepter. Il m'a dit qu'il était insensé de vouloir mettre au monde un enfant dans de telles circonstances. Que celui-ci ne pourrait connaître qu'un destin funeste. Qu'au contraire, si nous patientions quelque peu, un avenir radieux s'ouvrirait à nous et à notre descendance...

Totalement désemparée et, malgré son attitude déplorable, toujours folle d'amour pour lui, j'ai fini par me laisser convaincre par ses arguments foireux et j'ai commis la plus grosse bévue de ma vie : j'ai avorté !

Oui, je suis devenue un monstre : j'ai tué l'enfant qui grandissait dans mon ventre !

Les jours qui ont suivi ce drame, nous avons tenté de reprendre notre relation comme si de rien n'était et nous n'avons plus parlé du bébé mais six semaines plus tard, alors que j'étais toujours inconsolable, il m'a annoncé sèchement que tout était fini entre nous.

J'ai eu beau alors le supplier, le menacer d'en finir avec la vie, il n'en a eu cure : le soir même, il m'a quittée.

Je ne m'en suis pas remise. Jamais. Vingt-cinq ans après, je n'en suis toujours pas remise.

Crois-moi Cendrine, à l'époque, j'ai réellement voulu disparaître et, après deux tentatives de suicide, j'ai d'ailleurs été enfermée pendant plus d'un an en hôpital psychiatrique.

Puis, les psychotropes m'ont aidé à vivre, m'aident toujours à vivre et, finalement, je suis partie étudier à Lille.

Pendant tout ce temps, Arsène n'a jamais tenté d'avoir de mes nouvelles !

Ensuite, quelques années plus tard, j'ai recroisé Ludovic par hasard. On est sortis quelquefois ensemble et, un soir, il m'a avoué qu'à l'époque où j'étais avec son frère, alors qu'il n'avait que quinze ans, il était secrètement amoureux de moi.

Peu à peu, j'ai craqué pour lui et comme il craquait toujours pour moi...

Ludovic est précieux. Il possède ce don rare de pouvoir vous faire oublier la noirceur de l'existence.

Ses parents étaient effrayés de mon retour et je les considérais pour ma part comme des ennemis mais un soir, à l'insistance de Ludo, après des mois de non-dit, une discussion enflammée a eu lieu avec eux.

Avant qu'ils ne puissent s'expliquer, je me suis lâchée et je leur ai craché mon venin à la face. Malgré cela, ils ne se sont pas emportés et ils m'ont écoutée. Ensuite, humblement, ils se sont excusés.

On a tous beaucoup pleuré cette nuit-là.

Tu sais Cendrine, rien n'est jamais tout à fait blanc, rien n'est jamais tout à fait noir !

Il y a maintenant des années que cela dure avec Ludovic. Et on s'aime. Mais nous n'avons pas d'enfants !

Quant à Arsène, ma nouvelle irruption dans son cercle familial l'avait évidemment surpris et excédé. Il se cabrait, il se méfiait et, j'en suis certaine, s'il l'avait pu, il m'aurait tout bonnement supprimée. Comme il avait supprimé notre enfant !

Mais, quand il s'est aperçu que je l'ignorais totalement, il s'est peu à peu accommodé à ma présence aux côtés de son frère. Et puis, de toute manière, nos contacts étaient rares ! Ensuite, très rapidement, tu as surgi dans sa vie et, dès lors, tout a été plus facile.

Mais n'as-tu donc jamais ressenti, Cendrine, cette tension qui pouvait régner entre lui et moi les rares fois où nous nous retrouvions ensemble ? Si, bien sûr, puisque tu m'as soupçonnée. Peut-être même t'avait-il parlé de notre aventure ?

Les années ont donc passé…

Puis, il y a quelques mois, l'une de mes amies, qui travaille dans sa boîte et qui ne le porte pas en haute estime, m'a parlé de lui, des bruits qui circulaient à son propos.

Nous nous sommes organisées, nous l'avons suivi…

Et lorsque nous avons mis à jour son triste manège, mon ressentiment à son égard, enfoui depuis toutes ces longues années au fond de mon être, s'est brusquement réveillé.

Il m'avait détruite. J'ai voulu le détruire.

Ma haine à son égard n'avait pas disparu !

Soudoyer la maquerelle a été un jeu d'enfant, diffuser le film sur un site porno, simple comme bonjour !

Mais suis-je pour autant soulagée à présent ?

Non, et je regrette sincèrement mes actes.

Car je pense à toi, Cendrine, et je te demande pardon pour cette fureur déplacée à ton égard, toi, victime collatérale de ma rancune tenace envers ton mari.

Car je pense à Estelle, ta fille, dix-huit ans aujourd'hui, l'âge auquel ma vie a basculé !

Je regrette car il aurait sans doute été préférable que tout ceci reste secret.

7. Arsène.

Quand je suis rentré à la maison, Cendrine et Sophie étaient assises, immobiles et silencieuses, sur le sofa dans le salon. Bien que la pièce était plongée dans l'obscurité, je me suis aperçu qu'elles se tenaient la main.
Je les ai saluées mais elles n'ont pas bronché.
Je n'ai pas insisté.
Épuisé, je suis monté me coucher.

Trois jours plus tard, leurs revendications acceptées, les employés de la boîte ont repris le travail.

Le vendredi suivant, papa est tombé pour la énième fois.
Sans gravité.
Il souhaite toujours continuer à vivre seul chez lui.

En fin de semaine, le film a été retiré du site.
J'espère qu'aucune de mes connaissances ne l'avait visionné.
À ce jour, nul ne m'en a parlé.

Ludovic et Sophie, attirés par le soleil, envisagent de quitter la région.
C'est probablement mieux pour tout le monde.

Cendrine prend le temps de réfléchir.
J'attends patiemment son retour.
Je l'aime.

Un époux à l'esprit tordu

J'ai quitté ma femme le huit mai, jour de son anniversaire. Comme je n'avais rien trouvé à lui offrir, j'ai pensé que mon départ la comblerait !

Au petit-déjeuner, alors qu'elle terminait sa deuxième biscotte à la confiture et que les craquements de sa mastication me devenaient franchement insupportables, je lui ai dit :

— Céline, j'ai bien réfléchi, il est temps que tu penses à toi et que tu profites de la vie.

Surprise, elle a relevé la tête et m'a regardé d'un air étonné. J'ai continué :

— Te rends-tu compte chérie que nous sommes mariés depuis près de quarante ans ?

Interloquée, elle n'a pas répondu.

J'ai ajouté très vite :

— Ah, franchement, je te tire mon chapeau ! Supporter mon sale caractère pendant tout ce temps, fallait le faire. Avec, en plus, nos deux sales morveux, tellement bien dans tes jupes qu'ils n'ont, ni l'un ni l'autre, daigné quitter le nid avant trente berges.

Céline a froncé les sourcils mais, avant qu'elle puisse me rétorquer quoi que ce soit, j'ai enchaîné :

— Ouais, vraiment, cela n'a pas dû être évident pour toi mais tu as toujours tout supporté en silence, même dans les moments les plus difficiles. Et pourtant, des moments difficiles, on peut dire qu'il y en a eu, non ?

Elle a semblé acquiescer.

Je lui ai alors dit :

— Bon, j'ai bien réfléchi, et il n'y a pas à revenir là-dessus, il est maintenant plus que temps pour toi de passer à autre chose.

— Arrête Jean, elle a dit en reposant son reste de biscotte sur la table, si c'est une encore une de tes blagues pourries, elle est particulièrement nulle. Qu'est-ce que tu me joues là ?

Je l'ai observée un instant, engoncée dans son peignoir aussi défraîchi que son visage, et en la découvrant aussi misérable, je me suis dit : « Pouah ! »

Puis, résolu, j'ai repris :

— Tu sais, chérie, je ne peux me résoudre à te demander de vieillir plus longtemps à mes côtés. Penses-y Céline, t'as soixante balais aujourd'hui. Si tu veux profiter encore un peu décemment de l'existence, pendant que t'es encore un tant soit peu présentable, avant que tout ne s'affaisse irrémédiablement, c'est maintenant ou jamais.

À ce moment précis, j'ai saisi dans son regard ahuri la pensée qui la traversait : « Mon Dieu, pour me sortir de telles horreurs, mon mari doit avoir perdu la tête. »

Je ne me suis pas laissé démonter et j'ai poursuivi :

— Céline, mon amour, je t'offre aujourd'hui le plus beau des cadeaux : la liberté. Voilà : je te quitte. Maintenant, tout de suite ! Libre, tu es libre ma chérie. Libre de vivre ! On va divorcer. C'est merveilleux, non ?

Là, elle a compris que je ne plaisantais pas.

Elle est devenue blême, elle a saisi son bol de café chaud sur la table et, sans aucune hésitation, elle me l'a balancé en pleine figure. Puis, rouge de colère, elle s'est jetée sur moi et, telle une furie, elle m'a griffé le visage de ses ongles crasseux, tout en hurlant :

— Salaud, espèce de salaud, monsieur en a marre de la tronche de sa vieille et il voudrait la jeter comme une vieille chaussette. Mais il rêve ou quoi, l'abruti ? Il a oublié tout ce que j'ai fait pour lui. Mais je m'en vais lui montrer, moi, à ce connard, comment on traite les sagouins de son espèce.

Et elle s'est mise à me frapper, à me frapper de plus en plus fort, à me frapper à s'en abîmer salement les poings.

Je n'ai pas réagi.

Stoïquement, je l'ai laissée se servir de moi comme d'un punching-ball !

L'après-midi, fort du certificat médical établi par mon généraliste faisant état de multiples griffures, de traces de strangulation dans le cou, de brûlures superficielles et de nombreux hématomes un peu partout sur le corps, j'ai déposé plainte à la police pour violences conjugales.

« Cela pourra toujours servir si elle s'avise de me réclamer une pension alimentaire », me suis-je dit.

Puis, le soir même, j'ai quitté la maison familiale. Sans regrets !

***

Soixante-cinq balais et libre comme l'air !

J'ai rompu les ponts. Tous les ponts.

J'ai quitté les brumes du Nord et je suis parti m'installer dans le Sud, là où les cigales chantent.

Après avoir bossé comme un dingue toute ma vie, je veux à présent profiter des quelques beaux jours ensoleillés qui me restent.

David, mon aîné, m'a appelé hier sur mon portable. Il m'a insulté, tout comme son frère Laurent m'avait d'ailleurs déjà insulté quelques jours plus tôt.

— Espèce de brute, comment as-tu pu nous faire ça ? Et maman, t'as pensé à maman ? Elle en crève de ton absence. T'es qu'un lâche, papa, il a dit.

J'ai soupiré et j'ai raccroché.

Deux mois déjà.

Je n'ai aucun regret, aucun remords.

Je ne voulais pas d'une agonie interminable, d'une mort lente.

Je ne voulais pas apercevoir dans les rides de Céline les sillons de mes propres rides.

Je ne voulais pas d'une vieillesse promise aux rancœurs réciproques, aux ressentiments.

Alors j'ai tranché. Dans le vif.

J'espère qu'elle comprendra, qu'à la longue elle acceptera.

De toute manière, c'est à peine si elle pouvait encore me supporter.

Qu'avions-nous encore à partager ?

Je ne voulais pas devenir l'un des vieux de Brel.

Je veux vivre.

Vivre debout, et puis mourir !

Mon départ, je le perçois vraiment comme un cadeau du ciel.

Tant pour elle que pour moi.

C'est fini, c'est tout.

Et pour que la page soit définitivement tournée, j'ai jeté mon portable.

Pas grave, il ne valait plus grand-chose !

***

Ce matin, je me suis levé aux aurores pour quitter le village à sept heures avec le premier car. Il m'a mené au point d'arrêt SNCF le plus proche un peu avant huit heures. De là, j'ai emprunté l'autorail de huit heures quatorze et je suis arrivé à destination à dix heures six. Je suis maintenant depuis huit minutes dans ce bus bondé qui doit enfin me mener au centre-ville. Il est dix heures quarante et je suis sur le point de renaître.

Après trois mois de vie d'ermite dans ce village perdu du Vaucluse, il était grand temps pour moi de rejoindre le monde des vivants.

Pendant ce trimestre, je me suis ressourcé et j'ai profité, comme je me l'étais promis depuis tant d'années, des petits plaisirs simples de l'existence. J'ai regardé le temps s'écouler.

J'ai fui mes contemporains. Mes contacts furent rares : la patronne de la supérette du village, le boucher, la boulangère, mon vieux voisin… Quelques mots échangés, quelques politesses. C'est tout.

Dans mon mas, loué pour trois ans, pas de téléviseur, pas d'ordinateur, rien qu'une radio. J'ai bouquiné, bouquiné pour rattraper le retard de lecture accumulé durant toutes ces années au cours desquelles ma vie fut tellement speedée.

J'ai aussi tâté du jardinage — moi, citadin pur jus —, et je me suis lancé dans le bricolage. Sans grand succès, j'avoue.

Puis, insidieusement, l'ennui est apparu.

Je me suis donc décidé à rallier la ville aujourd'hui pour m'acheter portable, télé, voiture d'occasion. Bref, pour renouer le contact avec la civilisation.

La femme me regarde avec insistance.
Je suis debout face à elle.
Elle me regarde franchement et elle me sourit.
Un sourire naturel qui vous réchauffe le cœur.
Je lui renvoie son sourire et, déjà, je flashe.
Elle porte avec élégance un tee-shirt bleu ciel de marque Lacoste et un jean délavé.
Elle est fraîche, épatante, épanouie.
Quel âge peut-elle avoir ? Trente, trente-cinq à tout casser…
Dans ce bus bondé, cette beauté m'a remarqué.
J'en tressaille.
Je me félicite maintenant, malgré la galère subie, de m'être décidé à rejoindre la ville aujourd'hui.
Rien n'est donc jamais définitivement perdu.
Il faut croire au hasard ; il faut croire au destin.

Elle se lève, elle me sourit à nouveau, elle approche son visage radieux à quelques centimètres du mien.

Je tressaillis. Je me sens rougir.

Puis, courtoisement, elle me dit :

— Prenez ma place, monsieur, je vous en prie.

J'en reste bouche bée.

Je suis estomaqué, écœuré.

L'autobus s'arrête. Les portes situées à l'arrière s'ouvrent pour laisser descendre quelques passagers. Je bouscule sans ménagement les personnes qui m'entourent pour me frayer un passage vers cette sortie providentielle et je quitte précipitamment le véhicule. Sans un regard dans sa direction.

Elle m'a scié !

Cette jeune femme trop bien élevée m'a envoyé au tapis.

J'ai un mal fou à m'en remettre.

Je suis groggy, anéanti.

Je hèle un taxi, je m'y engouffre et je rentre directement au village.

Plus de soixante kilomètres de course : sale coup pour mon portefeuille.

Le paysage défile. La région est vraiment magnifique.

Je ferme les yeux. Le bruit du moteur m'apaise.

Je tente de me consoler : je pense à Lanvin, Auteuil, Berry… nés la même année que moi et pourtant encore si jeunes.

Mais ne serait-ce qu'une illusion ? Seraient-ils, eux aussi, rattrapés de temps à autre par le temps qui passe ?

Je dois me reprendre.

Je décide de chasser ces idées noires qui m'encombrent la tête.

« Ce n'est quand même pas la réflexion d'une jeune écervelée qui va m'abattre », me dis-je, déjà ragaillardi.

Sitôt arrivé chez moi, je fonce au jardin, je me saisis d'une hache et je débite du bois en bûches tout l'après-midi.

Mon vieux voisin — mon aîné de trois ans, il me l'a appris hier, encore un sale coup — n'en croit pas ses yeux.

Je le fusille du regard. Il perçoit le risque et s'abstient de toute remarque déplacée. Il l'a échappé belle.

Ma besogne terminée, fourbu mais la tête enfin vide, je m'installe sur le sofa de la terrasse et je me sers un whisky.

Le soir tombe.

J'observe la lune, les étoiles, cet univers qui me dépasse.

Je suis épuisé mais avant de rejoindre ma chambre, j'avale cependant deux Lexomil dans la salle de bains pour avoir la certitude de pouvoir dormir.

Je me couche, je tourne et je retourne pendant des heures dans le lit et, finalement, je sombre dans un sommeil agité.

Ma nuit est peuplée de cauchemars.

Mais, comme je l'espérais, je m'éveille le lendemain matin l'esprit libéré.

J'ouvre les volets : le soleil brille de mille feux, les oiseaux chantent, la nature est resplendissante.

La journée sera belle et chaude.

Faudrait dire aux jeunes de jamais céder leur place aux aînés !

***

Je n'en crois pas mes yeux, il doit y avoir une erreur !

Mince, j'ai beau lire et relire les chiffres qui figurent sur le décompte de ma carte de crédit, rien n'y fait, le montant ne varie pas.

« Mille trois cent vingt-huit euros et quarante centimes ! »

Je suis persuadé qu'il s'agit d'une erreur de ma banque quand, soudain, je comprends.

Merde de merde, la gaffe impardonnable ! J'ai omis, avant de quitter Céline, de lui demander de me rendre la carte de crédit liée à mon compte.

Ah ! la garce, elle m'a bien entubé.

Vite, contacter mon agence bancaire.

Et zut, je n'aurais pas dû me débarrasser de mon portable ! Seule solution : me farcir le vieux...

Je passe chez lui, je subis sa conversation pendant près d'une demi-heure et, enfin, j'ose lui demander si je peux passer un coup de fil.

— Bien sûr, Jean, me dit-il.

— Car si on ne s'entraide pas entre voisins, où irait l'humanité ? ajoute-t-il, d'un ton mielleux.

Il m'assomme avec ses réflexions à dix balles.

Je souris, je brûle de lui demander s'il n'a réellement aucune conscience de l'état désespéré du monde dans lequel nous évoluons mais, finalement, je m'abstiens. J'ai absolument besoin de son téléphone.

« Tiens, il m'a appelé par mon prénom. Faudrait que je me débrouille pour me rappeler le sien. On a si peu d'amis sur qui compter », me dis-je alors tout en composant le numéro de mon banquier.

Horrible : celui-ci m'apprend que depuis l'impression du dernier relevé, de nouvelles dépenses pour un montant de mille cent quinze euros ont encore été enregistrées.

— J'allais d'ailleurs vous appeler, me dit-il, afin de vous demander s'il était nécessaire d'augmenter le montant de votre réserve disponible.

— Bloquez-moi cette putain de carte immédiatement, je lui crie, passablement énervé.

— Il y a un problème ? me demande-t-il, curieux.

— À votre avis ? je lui réponds en raccrochant brusquement.

Le vieux sourit béatement dans l'attente d'une explication.

J'ai vraiment envie de lui envoyer mon poing dans la figure.
— Si ce n'est pas abuser de ta bonté, encore un petit coup de fil, je lui dis.

Il est aux anges, trop heureux de pouvoir me rendre ce deuxième service.

Ah, je déteste les bons samaritains !

On décroche :

— Allô.

Une voix masculine inconnue ! Je suis pris de court.

— Euh. Bonjour, je suis bien chez Céline Brillant ?

— Oui. Qui la demande ?

Je fulmine mais je tâche de me contenir.

— Son mari.

— Ah, son mari ! Un instant, je vais voir si elle est à la maison, me répond la voix d'un ton mielleux.

Je maugrée : « Qu'est-ce que ce type fout chez moi ? »

Je patiente. Une minute, deux minutes... Puis, je perçois enfin le bruit du combiné que l'on reprend en main.

— Jean, c'est toi ?

— Ben oui, si on t'annonce ton mari, c'est moi.

— Alors, tu t'habitues dans ta brousse ?

C'est très mal parti ! J'enrage et je lui lance d'un ton sec :

— Écoute Céline, n'oublie pas que si j'ai quitté la maison, c'est pour toi.

— Et bien, t'as bien fait, me dit-elle, remontée. Et j'espère bien ne jamais te revoir, sauf pour la signature du divorce. Ah ! Jean, si tu savais comme la vie peut être douce et délicieuse, loin de toi, loin de tes manies, loin de tes vexations, loin de tes sarcasmes. Comment ai-je pu te supporter toutes ces années ? Tu n'es qu'un vieux mec aigri, Jean. Tu as tout raté dans ta vie et tu as toujours voulu me faire payer tes échecs répétés. Tu en veux à la terre entière. Mais tu n'existes pas Jean, tout le monde s'en balance de toi. Ici, personne ne te regrette, Jean. Personne, tu m'entends ? Et maintenant, tu peux crever seul dans ton trou minable, connard.

Je voudrais l'étrangler. Je lui demande :

— Qui c'est ce mec ?

— Qui c'est ce mec ? Qui c'est ce mec ? C'est donc tout ce que tu trouves à me répondre, crétin. Eh bien, ce mec, comme tu dis, c'est l'homme qui me prend dans ses bras chaque nuit, qui me fait l'amour chaque matin... chaque midi... chaque soir... C'est celui qui me trouve belle, malgré mes rides, celui qui me susurre « je t'aime » à l'oreille, c'est celui dans les bras duquel je jouis enfin !

Quelle merveille la jouissance, hein Jean ? Et dire qu'il m'aura fallu avoir soixante balais pour monter au septième ciel. Ah ! oui, vraiment, tu as bien fait de me quitter, Jean. Tu ne voulais que mon bonheur, et bien, c'est réussi. Merci, mille fois merci !

Assommé, je raccroche.

J'en ai oublié la carte de crédit, la raison de mon appel.

Le vieux me demande :

— Hum, tout va bien, Jean ?

Merde, lui aussi, je l'avais oublié !

— Tout va merveilleusement bien, je lui réponds d'un air sinistre tandis qu'il me dévisage avec curiosité.

— T'aurais pas un petit remontant ? je lui demande.

Il cligne des yeux tout en balançant la tête de bas en haut plusieurs fois de suite et il s'enfuit dans la cuisine.

Il en ressort, un instant plus tard, une bouteille de whisky et deux verres à la main.

« Ce type est vraiment bizarre », je me dis.

On trinque.

— À l'amitié ! me dit-il.

Puis, on a bu. On a bu toute la nuit...
Deux vieux ivrognes ont rebâti le monde et ont bu toute la nuit.

Chienne de vie.

Sauvé malgré lui

1. Elle.

Sept heures cinq.
La porte de la chambre s'ouvre.
L'infirmière entre. Elle s'appelle Élodie. Elle a cinquante ans et elle a perdu, depuis longtemps, le goût de la vie. À vrai dire, le sens de l'existence lui échappe totalement.
Élodie travaille dans cet hôpital depuis seize ans. Depuis un peu plus d'un an, elle a été affectée dans ce service au huitième étage. Elle s'occupe des malades comateux. Elle en est satisfaite. « Au moins eux, ils ne se plaignent pas », se dit-elle souvent.
Cette nuit, Élodie a mal dormi. Son mari est rentré ivre à trois heures du matin après une soirée arrosée avec des collègues de travail. Comme elle n'avait aucune envie de baiser — pas à cette heure et surtout pas avec un type pété, en tout cas —, elle a d'abord tenté de lui faire croire qu'elle était profondément endormie mais, alors qu'elle ne réagissait pas à ses paroles, il l'a secouée violemment jusqu'à ce que, enfin, elle ouvre les yeux. Puis, il s'est affalé sur elle et il l'a embrassée goulûment sur la bouche. Elle en a eu un haut-le-cœur et elle a voulu le repousser mais il a insisté. Alors, pour éviter les ennuis, elle n'a pas tergiversé : elle lui a empoigné la verge et elle l'a masturbé. Vite fait, bien fait. Il a gémi, éjaculé, s'est écroulé comme une masse et s'est endormi. Ensuite, il s'est mis à ronfler.
Putain de vie, elle a pensé.
À cinq heures trente, le réveil a sonné. Comme un automate, elle s'est levée, crevée. Elle s'est lavée, elle s'est habillée, elle a mangé deux biscottes avec de la confiture et elle a bu une tasse de café noir. Après, elle a quitté l'appartement. Elle a rejoint sa voiture dans le garage souterrain et elle est partie

vers l'hosto où elle est arrivée, après un trajet de trente minutes sans histoires, à six heures cinquante. Elle a pointé, elle a emprunté l'ascenseur et elle est allée se changer au vestiaire. Elle est entrée dans le service, elle a salué courtoisement sa collègue et elle a pris connaissance du tableau de bord de la nuit.

Ensuite, Élodie s'est dirigée vers la chambre huit, occupée par son premier malade, Monsieur Gobert, cinquante-deux ans, en coma profond depuis deux mois après une tentative de suicide.

***

— Bonjour Monsieur Luc. Alors, comment il va aujourd'hui ? Il a bien dormi ? Allez, on va lui faire sa petite toilette et après on va lui changer sa perfusion.

« Cette voix. Encore cette voix ! »

— Il fait beau ce matin, vous savez. Ah, il était temps car j'en avais marre, moi, de cette flotte qui tombait sans discontinuer ! Ah, je ne vous raconte pas ma nuit, horrible ! Vraiment, y'a des moments, je vous envierais presque.

« Mais allez-y. Prenez ma place. Je ne demande que cela, moi. »

— Oh, mais il a fait de gros pipis ! Sa poche déborde. Bon, bon, ce n'est pas grave, on va lui changer tout ça.

« Mais, bon sang, je vous en supplie, qui que vous soyez, parlez-moi normalement. Je ne suis pas un débile profond. »

— Voilà, voilà ! Bien, on va le raser maintenant. Voyez comme il va être beau. C'est sa maman qui sera contente de le voir tout à l'heure avec sa jolie peau de bébé.

« Foutez-moi la paix avec ma mère, connasse. Elle n'en a rien à foutre de moi. Elle n'attend qu'une chose, que je crève ! »

— Allez, on replace la sonde et on le laisse se reposer.

« C'est ça, dégagez ! »

— Bien, bonne journée Monsieur Luc. À demain. Pas de bêtises, hein !

« Pas de bêtises, pas de bêtises ! Mais ma seule bêtise a été de sauter dans la flotte.
Ouais, ça, y'a pas de doute, je n'aurais pas dû.
J'aurais dû me jeter sous un train.
Là, au moins, ces trois andouilles n'auraient pas pu me sauver.
Merde, pour une fois que j'avais été courageux.
Et je veux bien parier qu'ils recevront une médaille pour leur bravoure.
Ah, les cons ! »

***

Après avoir quitté la chambre, Élodie pense à Monsieur Gobert ou, plus précisément, au geste de Monsieur Gobert. Ses ennuis pourraient-ils l'amener, elle aussi, à tenter de mettre fin à ses jours ? Sa désespérance profonde pourrait-elle la pousser au suicide ? Sans doute…

Dagerman n'a-t-il d'ailleurs pas dit que la vie est un voyage imprévisible entre deux lieux qui n'existent pas, s'interroge-t-elle ? Alors, pourquoi ne pourrait-on abréger ce périple absurde ? Si, jour après jour, plus aucune clarté n'illumine votre ciel, faut-il, malgré tout, continuer ? Doit-on encore et toujours supporter, endurer ? Pourquoi ? À son âge, peut-on d'ailleurs encore entrevoir un renouveau ?

Elle voudrait le croire mais elle sait que ses plus belles années sont derrière elle et qu'elle n'a pu en profiter suffisamment. Qu'a-t-elle encore à espérer maintenant, sinon éviter les maladies graves ? Ne lui reste qu'à vivoter jusqu'au moment où, inéluctablement, la vieillesse et la décrépitude qui en résulte la rattraperont.

Heureusement que ma fille ne m'entend pas raisonner de la sorte, pense-t-elle. Elle m'ordonnerait sur-le-champ d'avaler deux Prozac chaque matin.

« Savoir profiter des petites choses de la vie, maman, » lui répète toujours Marine.

À cette idée, elle sourit. La petite a raison, bien sûr. Au moins ai-je accompli une belle chose dans la vie, pense-t-elle. Elle adore Marine, son rayon de soleil, sa raison de vivre.

L'infirmière se dirige vers la chambre 10. Son deuxième malade l'y attend.

Ses idées noires s'envolent.

Sa crise existentielle est passée.

2. Lui.

Entre deux périodes d'inconscience, il repense au passé.
Il se revoit heureux avec elle, durant toutes ces années.
Il l'a rencontrée au Sénégal. À sa sortie de l'université, il avait été engagé rapidement par une multinationale et ses patrons l'avaient envoyé aussitôt pour un trimestre à Dakar. Elle était femme de ménage dans l'hôtel où il était descendu. Elle s'appelait Adiouma. Elle avait vingt-deux ans, il en avait vingt-quatre. Dès le premier regard, ils sont tombés amoureux. Trois mois plus tard, il est rentré en France avec elle. Au retour, ils se sont mariés très vite, avant que le certificat de séjour d'Adiouma n'expire. Ils ont même été poursuivis car les autorités avaient soupçonné qu'il puisse s'agir d'un mariage blanc. Tout s'est finalement arrangé.
Il se rappelle qu'elle a eu peur de lui avouer qu'elle ne pourrait jamais avoir d'enfant. Suite à une grave infection, on avait dû lui enlever les deux ovaires à seize ans. Il a haussé les épaules. Il l'a prise dans ses bras et il l'a rassurée. Elle a beaucoup pleuré.
Sa mère s'était opposée à ce qu'il épouse une Africaine. Il n'a plus revu sa mère. Il avait trouvé une nouvelle famille, un nouveau continent.
Pendant vingt-huit ans, ils ne se sont plus quittés. Ils ont vécu tantôt au Sénégal, tantôt en France. Ils ont été heureux, très heureux. Il s'attendait chaque jour à devoir payer pour ce bonheur trop parfait. Il croyait rêver. Et cela durait, durait.
Pour fêter le cinquantième anniversaire d'Adiouma, ils avaient prévu de partir en Islande. Ils rêvaient depuis longtemps de partir à la découverte de l'île à cheval, de se baigner dans le Blue Lagoon, de découvrir les geysers...
Elle rejoignait, joyeuse, la maison, avec les billets d'avion. Elle venait de garer la voiture. Elle ne l'a pas aperçu surgir de

la rue adjacente. Il a tiré sans la moindre sommation. Treize personnes allaient mourir sous ses balles ce jour-là avant que la police ne réussisse à le descendre. La balle lui a fracassé le crâne. Elle n'avait pas la moindre chance. Elle est morte sur le coup, victime de la folie religieuse.

    Brisé, anéanti, il a perdu d'un coup toute raison de vivre.
    Après la crémation, il a décidé d'en finir. Il s'est lesté de quelques pierres dans les poches et il a sauté.
    Ils l'ont vu. Ils ont sauté aussi.
    Des gens tuent ; d'autres sauvent.
    Le médecin espère qu'il sortira du coma et qu'il pourra récupérer une partie de ses facultés physiques et psychiques.
    Lui, il voudrait qu'on le laisse mourir !

3. Elle.

Quinze heures trente, Élodie quitte l'hôpital.

Elle repense au patient de la huit, Monsieur Luc. Elle venait de le quitter lorsqu'il a fait un arrêt cardiaque. Les médecins ont pu le récupérer. Il est à nouveau stable.

N'aurait-il pas été préférable de le laisser partir ? se demande-t-elle. C'était son choix, après tout. Très vite, elle se reproche cette pensée. Elle n'a pas le droit. Son rôle est de soigner, coûte que coûte.

Elle se rend au centre-ville en voiture. Elle se gare dans une rue adjacente à la Grand-Place. Elle s'y installe à une terrasse, commande un café et profite des rayons de soleil de cette douce après-midi de printemps. Elle ferme les yeux. Elle se sent soudainement bien, très bien. Elle n'a aucune envie de rentrer. Elle voudrait que cet état de béatitude se prolonge indéfiniment.

Dans un état de semi-conscience, elle sursaute lorsqu'elle entend une voix :

— Vous pouvez me régler, madame, car je termine mon service.

Le serveur sourit. Il a l'air gentil. Elle lui tend un billet de cinq euros. Il lui rend la monnaie et il lui souhaite une bonne fin de journée. Elle le remercie et elle sourit à son tour. Il s'éclipse.

Elle referme les yeux un instant, regarde ensuite sa montre, soulève les sourcils et se lève.

Elle passe à la supérette avant de rentrer à la maison.

Elle a repris espoir.

Elle est cyclique, elle le sait.

4. Lui.

Il rêve.
Il est nu, allongé sur le sable.
En appui sur les coudes, la tête et les épaules légèrement relevés, il regarde la mer, étale.
Il se croit seul sur la plage. Il profite de l'instant.
Puis, il tourne la tête vers la droite.
Elle est à ses côtés, également nue. Elle le regarde amoureusement. Elle est telle que le jour où il l'avait rencontrée. Elle a retrouvé son corps de jeune fille. Elle rit à pleines dents, à gorge déployée, comme elle aimait le faire lorsqu'il lui racontait ses bêtises.
« Adiouma, ma chérie, mais où étais-tu passée ? »
Elle rit de plus belle.
Elle s'approche, elle l'étreint et elle l'embrasse tendrement sur la bouche.
Il tressaillit puis une émotion intense et incontrôlable le submerge.
« Adiouma, Adiouma, enfin ! »
Et alors qu'ils sont enlacés, la mer commence à les recouvrir.
Mais soudain, la foudre s'abat sur lui. Aussitôt, son crâne explose et une douleur insupportable envahit tout son être !
« On l'a récupéré », entend-il alors.

**

Sept heures cinq.
La porte de la chambre s'ouvre.
L'infirmière entre.

« Tout cela finira-t-il un jour ? »

Un contretemps sinistre

La puissante voiture file à vive allure sur la route droite, déserte, interminable, cernée de toute part par la forêt environnante. Bousculés par un vent violent qui s'est levé depuis peu, les hauts sapins qui remuent méchamment surgissent à tour de rôle furtivement dans la lueur des phares pour replonger tout aussitôt dans l'obscurité. Une haie mouvante infranchissable se dresse de chaque côté du véhicule.

Quelques éclairs zèbrent de temps à autre un ciel lourd, pesant, mais encore étoilé.

L'orage approche, à coup sûr.

Impassible, les yeux rivés sur la partie éclairée du bitume, l'homme accélère encore.

Dans l'habitacle, le bruit du moteur est couvert par la voix envoûtante de Bowie.

« It's a god-awful small affair to the girl with the mousy hair... »

Assise à côté du conducteur, Axelle écoute religieusement chanter son idole dont le décès a été annoncé il y a quelques heures à peine. Elle n'oserait pas l'avouer à Xavier — comment un homme pourrait-il comprendre ? — mais elle n'arrive pas à se remettre de la disparition de celui dont elle attendait toujours avec impatience la sortie du prochain album.

Elle se sent perdue, abandonnée, désespérée.

Plus encore que lors de la mort de son père.

C'est tout dire !

Elle écoute Bowie et les larmes lui viennent aux yeux.

« Faut pas que Xavier s'en aperçoive, se dit-elle, il se moquerait de moi. »

Pour faire diversion, elle ouvre la boîte à gants, en sort un kleenex et fait mine de se moucher.

« Bowie est mort. Bowie est mort. Bowie est mort, ne cesse-t-elle, toujours incrédule, de se répéter. »

Quelques instants plus tard, une décélération brusque du véhicule l'arrache à ses pensées funestes.

— Et merde ! s'écrie tout aussitôt Xavier d'une voix forte en garant la Renault sur le bas-côté.

Les mains serrées sur le volant, le regard dans le vide, il lui demande d'un ton anxieux :

— T'as vu Axou ? T'as vu ? Mais c'était quoi ça ?

Axelle déteste quand Xavier la surnomme Axou mais le moment n'est pas opportun pour le lui rappeler. Comme elle n'a rien vu, elle ne sait que lui répondre. Alors, elle lui renvoie la question :

— C'était quoi ? C'était quoi ? Mais je n'en sais rien moi. Explique-toi !

Xavier tourne la tête vers sa compagne. Elle perçoit à cet instant la lueur inquiète qui habite son regard quand il lui dit :

— Écoute Axou, je ne vais pas le jurer mais il m'a bien semblé apercevoir une vieille femme décharnée, toute ridée, les nibards et le cul à l'air sur le bord de la route.

Elle croit rêver, ne peut interpréter correctement le sens de cette phrase. De quoi lui parle-t-il ? Elle s'entend lui demander :

— Et qu'est-ce qu'elle faisait ?

— Mais je n'en sais rien, moi, tout est allé tellement vite, une demi-seconde tout au plus avant qu'elle ne disparaisse. J'ai simplement eu la vague impression qu'elle mangeait quelque chose.

Pour Axelle, la plaisanterie a assez duré. Elle ne veut pas se laisser entraîner dans cette histoire sordide. Elle lui dit :

— Oh, oh, arrête ! je t'en prie. Mais qu'est-ce que tu me racontes, Xavier ? Tu rigoles là, hein, c'est ça ? Tu me fais marcher. Tu m'as trouvée trop silencieuse pendant le trajet alors t'as rien trouvé d'autre à inventer pour me sortir de ma rêverie.

— Non, non, je t'assure !

— Ouais, bien sûr, Xavier ! Mais t'inquiète pas : quoi de plus naturel que de croiser une mémé à poil, au bord d'une route perdue au milieu de nulle part, occupée de casser la croûte, à trois heures du mat. Faut pas déconner, Xavier.

— Merde, Axelle, je ne plaisante pas. C'est vraiment louche, ce truc. Faut qu'on sache, mon amour. Allez, on recule, dit-il tout en enclenchant la marche arrière.

Bowie est soudainement loin. Très loin. Évidemment, Axelle sait que Xavier est spécialiste pour mener les autres en bateau mais, ici, pas une seconde, elle ne peut imaginer qu'il puisse avoir inventé cette histoire qui ne pourra que les retarder alors qu'il est plus de trois heures, qu'ils roulent depuis plus de six heures déjà et que plus de deux cents kilomètres restent à parcourir avant d'arriver à destination. Le goût pour la plaisanterie de son mec doit avoir des limites, quand même !

— Euh, tu ne crois pas que cela pourrait être dangereux ? lui demande-t-elle.

Trop absorbé par sa manœuvre de recul, Xavier ne prête pas attention à la question d'Axelle. Comme à son habitude, il a le pied lourd et la voiture démarre en trombe en reculant.

Axelle ferme les yeux. Son cœur s'emballe, ses mains tremblent. Une angoisse incontrôlable la saisit. Elle se sent prête à défaillir.

Par bonheur, après avoir parcouru quelques centaines de mètres, Xavier arrête le véhicule et il bondit aussitôt hors de celui-ci.

— Oui, c'est bien ici. Regarde, elle était assise dans l'herbe, exactement à cette place, à l'entrée de ce chemin forestier, dit-il.

Le moteur de la voiture tourne encore. Axelle hésite et se décide. Un frisson lui parcourt l'échine alors qu'elle descend précautionneusement du véhicule. Au-dessus de leurs têtes, le ciel est occupé à se couvrir dangereusement. Malgré l'obscurité, elle tente alors de scruter, tant bien que mal, les alentours.

Nulle âme qui vive ! Elle s'en trouve rassurée.

Xavier ouvre le coffre et en sort une lampe torche.

— On y verra un peu mieux avec cela, dit-il.

Il allume la lampe et en dirige le faisceau vers le chemin de terre. À quelques mètres, une barrière en empêche l'accès. Un panneau rectangulaire portant l'inscription « ENTRÉE INTERDITE » en lettres capitales y a été solidement accroché.

Inquiète, Axelle ne souhaite plus qu'une chose : déguerpir le plus rapidement possible de cet endroit pourri.

— Tu as sûrement mal vu. J'ai vraiment l'impression que personne n'est passé ici depuis des lunes, lui dit-elle.

— Mais si, regarde l'herbe. Elle a été foulée très récemment.

— Arrête Xavier, tu viens de poser tes pieds à cet endroit-là, il y a moins de trente secondes, lui réplique-t-elle, d'un ton légèrement moqueur.

En fait, insensiblement, Axelle commence à se rassurer, à trouver la situation cocasse. Elle a d'ailleurs l'impression que Xavier est maintenant également convaincu de son erreur mais elle le connaît, le gaillard ne reconnaîtra pas facilement s'être trompé. Perdre la face, pour un macho de son espèce, impossible.

— Allez, on reprend la route avant de se faire arroser, lui dit-elle en rouvrant la portière et en s'installant, rassurée, sur son siège.

— Attends-moi deux minutes, je vais jeter un petit coup d'œil un peu plus loin, lui répond-il.

Et avant qu'elle ait le temps de lui répliquer quoi que ce soit, il franchit la barrière et il disparaît sur le chemin forestier.

***

« Ne penser à rien de négatif. Ne pas paniquer. Surtout ne pas paniquer », se répète Axelle, recroquevillée sur son siège, la tête dans les mains, lasse d'attendre Xavier, disparu depuis plus d'un quart d'heure.

Les minutes s'égrènent inlassablement et il tarde toujours à reparaître.

Au loin, l'orage tonne de façon de plus en plus distincte.

Toute tremblante, Axelle se saisit de son portable et tente de joindre le seul homme au monde qu'elle souhaiterait avoir auprès d'elle en cet instant.

Pas de réseau !

« Saloperie, c'est toujours quand on en a le plus besoin que ces trucs vous lâchent » vocifère-t-elle.

« Rester calme, rester calme, surtout ne pas craquer, y'a pas de raison », tente-t-elle de se persuader.

Pour tuer le temps, Axelle, tout en se rongeant les ongles, se décide à allumer la radio. Un animateur y annonce d'un ton enjoué une spéciale Michel Delpech.

Décidément, c'est la soirée des trépassés, ne peut-elle s'empêcher de penser avant de se laisser entraîner par la musique et de se mettre à chanter avec l'artiste :

« Quand il est descendu pour acheter des cigarettes, Jean-Pierre savait déjà que jamais il ne reviendrait… »

« Jamais, il ne reviendrait ! »

« Merde, je flippe ! Xavier, mon Xavier, reviens vite, je t'en supplie ! »

Trente minutes… et toujours rien.

Axelle, dont les entrailles se nouent de plus en plus, est soudainement prise d'une envie impérieuse d'aller aux toilettes. Dans un premier temps, elle tente de résister car elle n'a évidemment aucune envie de quitter, ne fût-ce que deux minutes, ce foutu véhicule mais, très vite, la douleur devient telle, qu'elle doit se résoudre à chercher rapidement un endroit où elle pourra se soulager.

Elle ouvre la portière avec précaution, elle sort de la voiture, elle s'approche du chemin forestier, elle se poste près du sapin le plus proche, elle ôte sa culotte, elle s'accroupit, elle relève sa jupe et… elle laisse son corps se décharger du superflu.

Énorme soulagement !

« Quelle honte si on me voyait dans cette position », pense-t-elle alors et, à cette idée, elle se surprend à sourire.

« Pourquoi m'inquiéter en fait, il ne se passe rien et il ne se passera strictement rien ici. Xavier finira bien par revenir et on repartira comme si de rien n'était. Tout ce qu'on aura perdu, c'est une bonne heure », se dit-elle, soudain rassérénée.

Mais, alors qu'elle se demande — détail pratique — comment elle pourra s'essuyer convenablement, elle entend pouffer derrière elle et sent tout à coup deux mains lui saisir fermement les épaules et la tirer vers l'arrière.

À peine a-t-elle le temps de pousser un petit cri étouffé que, patatras, elle se retrouve avec le postérieur dans ses propres excréments !

**

Le bruit de la pluie qui s'abat avec violence sur la carrosserie réveille Axelle mais l'étau qui lui enserre la tête l'empêche d'ouvrir les yeux de suite.

« Encore cette foutue migraine. Ah vite ! deux comprimés de paracétamol et la douleur se dissipera rapidement », pense celle qui, à cet instant, n'a plus la moindre idée de l'endroit où elle se trouve.

Puis, comme si elle sortait d'un coma profond, elle reprend vie peu à peu et, l'une après l'autre, les images affreuses de la nuit lui reviennent en mémoire : le mal au ventre, la défécation, le rire, les mains sur les épaules, la culbute vers l'arrière, les fesses souillées par ses propres excréments, le sentiment de honte, le profond dégoût, l'angoisse, le vide, la perte de connaissance, le néant !

Affolée, Axelle soulève les paupières et, horrifiée, se découvre allongée en chien de fusil sur les deux sièges à l'arrière de la voiture.

Allongée, mais aussi nue !

Maintenant Axelle en est sûre : elle est perdue. Définitivement perdue.

« Ils s'occupent de Xavier et après ce sera son tour ! Dieu, pourvu qu'ils ne me violent pas ! »

Tétanisée, Axelle rend alors les armes et, tout en gémissant, elle se recroqueville en position de fœtus dans l'habitacle et attend qu'on en finisse avec elle.

Mais alors que les larmes coulent sans discontinuer sur ses joues, une petite voix intérieure — l'instinct de survie, sans doute — lui ordonne de se relever et d'agir vite, très vite : « Personne ne peut t'empêcher de fuir Axelle puisque pour l'instant tu es seule, toute seule. Enfuis-toi dans la forêt, Axelle et cours. Cours à en perdre haleine. Cours à en cracher tes poumons, s'il le faut, mais cours, c'est ta seule chance de survivre ! »

D'un bond, Axelle se relève. Dehors, il fait toujours nuit et il pleut à verse. Mais, peu importe, il faut qu'elle sorte, qu'elle saisisse cette seule planche de salut.

Malheur, les portières situées à l'arrière sont fermées ! Elle enjambe alors le siège conducteur et passe à l'avant de la voiture pour tenter de fuir. En vain ! Elle a beau forcer, elle doit se rendre à l'évidence : les quatre portières ont été bloquées. Elle tente bien ensuite de briser une vitre mais elle ne réussit qu'à se contusionner le poignet.

« Seigneur, Xavier avait bien raison : cette voiture est inviolable. »

Abattue et désespérée, Axelle ne peut que se rendre à l'évidence : la voilà prisonnière de la Renault !

« Mais pourquoi fallait-il que cette vieille dingue se trouve au bord du chemin ? »

Puis, subitement, à s'entendre hurler cette phrase, la lueur :
« La vieille. Mais quelle vieille ? »
Le sol vient de se dérober sous ses pieds.
Et si Xavier...
Non, impossible. Quelle idée saugrenue.

Axelle ne veut encore l'accepter mais, pourtant, le doute, inexorablement, vient de s'insinuer dans son esprit.

« Trop belle et idyllique pour être vraie, mon histoire d'amour.

Moi, quarante balais, jeune veuve sans enfant, belle fortune, bon job, bien sous tous rapports... mais seule, tellement seule... mais banale, tellement banale... mais insipide, tellement insipide...

Lui, un peu plus de trente ans, célibataire, flambeur, au passé un peu louche... mais charmant, tellement charmant...

mais séduisant, tellement séduisant... mais délicieux, tellement délicieux... »

L'évidence saute subitement aux yeux d'Axelle : elle est tombée dans le panneau de la séduction comme la dernière des gourdes !

La rencontre fortuite, le coup de foudre, le mariage rapide : la mise en place du plan d'action.
Les deux années passées ensemble, les promesses éternelles, le plaisir amoureux : le prix à payer.
Les huit jours de Thalasso sur la côte atlantique pour me régénérer : le piège diabolique...

« Et moi qui ai traité Clara, ma meilleure amie, de jalouse lorsqu'elle m'a mise en garde à propos des agissements bizarres de Xavier, lorsqu'elle m'a déconseillé le régime matrimonial du conjoint survivant.
Conne, je suis la reine des connes.
Et je vais le payer au prix fort.
Et si Jean n'était pas mort par accident ? Si c'était lui qui, déjà, avait tout manigancé ?
À l'heure qu'il est, il doit être occupé à creuser le trou qui me servira de tombe à quelques encablures d'ici.
Axelle, tu t'es assez délectée du récit de ces crimes sordides dans les journaux.
À ton tour, maintenant.
Tu vas mourir ma belle.
L'enculé, ce fils de pute, il va te buter !
Et peut-être même qu'un jour, qui sait dans quelques mois déjà, ton histoire sera-t-elle présentée dans « Faites entrer l'accusé », ton émission télé préférée.
Mais, toi, tu ne seras plus là pour la regarder... »

Le bruit d'une portière que l'on ouvre délicatement l'arrache à ses pensées macabres.

Tétanisée, les jambes serrées repliées sous les fesses, Axelle s'enfonce le plus profondément possible dans le siège. Elle ne peut s'empêcher de trembler. Elle voudrait pouvoir devenir invisible, disparaître. Puis, elle se décide à relever la tête et elle l'aperçoit !

Xavier l'observe. Il l'observe en souriant. De ce sourire joyeux qu'elle lui a toujours connu. Un sourire franc qui irradie son visage.

Elle a envie de hurler.

— Tu m'as foutu une sacrée frousse, sais-tu, mon amour, lui dit-il, radieux. J'ai beau y être habitué, mais quand même ! Alors, comment te sens-tu ?

Pour toute réponse, elle lui murmure une phrase inintelligible.

Xavier fait mine de ne pas s'apercevoir du désarroi d'Axelle et il reprend :

— Je ne peux décidément pas te laisser seule deux minutes. Tu n'étais pas particulièrement belle à voir, sais-tu.

Et il éclate de rire. Un rire spontané, massif, le genre de rire qui réchauffe le cœur.

Axelle ne comprend pas. Elle n'en peut plus. Elle voudrait que tout cela se termine. Qu'il se décide donc à l'achever. Et vite !

Mais il poursuit :

— Alors, t'as encore été victime d'une de tes fameuses syncopes. Ah, on peut dire que t'as pas bien choisi ton moment, cette fois-ci ! Je ne veux pas remuer le couteau *dans ta merde* — Xavier et son penchant pour les expressions détournées — mais il y en avait partout... si je peux me permettre cette réflexion nauséabonde.

Et, fier de son effet, il se met à rire de plus belle.

Elle le regarde d'un air hébété.

Nullement désarçonné, il continue :

— Pff, le toubib a beau me répéter de ne pas m'inquiéter, que tes absences peuvent durer plus d'une heure, je flippe à chaque fois. Enfin, j'en ai profité pour te débarbouiller le popotin, ma chérie, comme si t'étais un gros bébé. Désolé, mais je ne pouvais quand même pas t'installer dans cet état dans la voiture. Des sièges en pur cuir, faut pas exagérer ! Et puis, il y avait tout de même aussi l'odeur !

Axelle rougit, confuse. La tête lui tourne.

Xavier continue, rassurant :

— Par chance, il y a un ruisseau à quelques centaines de mètres. Je l'avais repéré quand je suis parti à la recherche de la vieille. Je viens d'y retourner pour rincer tes fringues. Encore heureux que j'avais un bidon dans le coffre. Toi qui me reproches souvent de m'encombrer d'un tas de choses inutiles !

Axelle fond en larmes.

— Oh, ma grande, ce n'est pas si grave, quand même !

Elle renifle.

— Bon, faudrait peut-être songer à te rhabiller, ma belle. Tu ne vas pas rester nue. Je sors la valise du coffre et je te l'apporte ?

Axelle acquiesce d'un hochement de tête.

Et, alors qu'il ouvre la portière du coffre, elle l'entend lui dire :

— Ah, oui, pour la vieille, je crois bien que t'avais raison. Je n'ai rien trouvé d'anormal. Une hallucination, sans doute.

Et après une courte pause, il poursuit en souriant :

— Finalement, les types de la sécurité routière ont sûrement raison quand ils nous bassinent sans arrêt dans leurs campagnes qu'il faut s'arrêter toutes les deux heures pour faire une pause.

Puis, tout simplement heureux, il se met à chanter :
« *Chante la vie, chante, comme si tu devais mourir demain...* »

Au moins, celui-là, il n'est pas mort ! se dit Axelle.

Un week-end tumultueux

La jeune fille était assise en terrasse.

Les yeux clos, le visage dirigé vers le ciel, elle profitait, indifférente à l'animation extérieure, des derniers rayons de soleil de cette fin de journée printanière.

De temps à autre, elle émergeait de sa torpeur pour saisir d'une main, d'un geste prompt, le verre posé sur la petite table ronde placée devant elle et le porter délicatement à ses lèvres. Elle avalait alors avec délectation une gorgée de la bière fruitée que lui avait servie le serveur un peu plus tôt. Elle reposait ensuite le demi sur la table, se recalait parfaitement sur sa chaise, relevait la tête, refermait les yeux et replongeait dans sa rêverie.

Détendue, elle repensait à ce week-end éprouvant, certes, mais combien salutaire.

Elle se sentait heureuse d'avoir enfin retrouvé une réelle raison de vivre.

« Ce mec, il fallait bien que quelqu'un s'en occupe ; il ne méritait assurément plus de vivre ! » se disait-elle, et, à cette pensée, un léger sourire de satisfaction avait émergé au coin de ses lèvres et elle s'était promis de recommencer au plus tôt car, elle en était persuadée maintenant, elle devait éradiquer cette ville de la vermine infecte qui l'infeste !

Au même moment, à quelques kilomètres de là, Claudine, la mère de Manon, s'inquiétait de l'absence de sa fille unique.

— Deux jours et une nuit sans rentrer, c'est plus normal, dit-elle à Serge, son compagnon.

— Ne panique pas, ta fille est majeure, lui répondit-il sèchement.

Puis, comme Claudine ne réagissait pas, il poursuivit sur le même ton :

— Elle a vingt et un ans ! On ne va quand même pas ameuter tout le quartier pour une absence de quarante-huit heures. Et puis, ce n'est quand même pas la première fois qu'elle découche ta fille, non ?

— Oui, Serge, je sais, dit-elle, mais n'oublie pas que la situation a changé : elle n'est plus en couple ; elle est seule. Seule et fragile ! Tout un monde de différence, non ?

Pour toute réponse, Serge se contenta de hausser les épaules et de marmonner quelques paroles inintelligibles. Et, après avoir soupiré profondément, il se replongea dans la lecture de son magazine sportif favori.

Claudine éprouva à cet instant une haine profonde envers Serge, son compagnon depuis quinze longues années déjà. « Crève, vieux con », pensa-t-elle même furtivement mais, aussi vite, elle se le reprocha. Il avait tant fait pour elle dans les moments difficiles !

Elle tenta de se raisonner : « Serge a raison, se dit-elle, Manon doit être partie chercher un peu de réconfort chez l'une de ses copines. Il faut qu'elle digère sa rupture avec Sébastien. Et dire que je lui aurais donné le bon Dieu sans confession à ce vaurien. Ah, on peut dire qu'il nous a bien bernées, l'enfoiré ! La tromper à deux mois du mariage et, lorsqu'elle le découvre, lui sortir qu'elle n'avait qu'à céder à ses avances, qu'il lui fallait assouvir ses pulsions sexuelles sous risque d'implosion... Pervers, va ! Est-il donc devenu tellement anormal dans ce monde de cinglés de vouloir conserver sa virginité jusqu'au mariage ? Pauvre petite ! »

Dix minutes plus tard, Manon, radieuse, rentrait à la maison.

Dès qu'il l'aperçut, Serge lança un regard satisfait vers Claudine. Elle fit mine de ne pas s'en apercevoir.

— Si tu le souhaites, il reste du hochepot, dit Claudine à sa fille tout en se jurant de la questionner dès que les circonstances le permettraient.

— Merci man mais je n'ai pas faim, répondit simplement Manon en embrassant sa mère.

Elle se dirigea ensuite vers le canapé dans lequel le maître de maison se vautrait. Elle s'agenouilla devant lui et se mit à caresser son épaisse fourrure. Après quelques secondes, le chat entrouvrit les yeux et se mit à ronronner. Manon en éprouva une immense joie.

— Je t'aime tellement, lui dit-elle.

Et, tout en continuant à le caresser, elle poursuivit :

— Fais gaffe, grosse boule de poils : le monde est plein de détraqués qui ne souhaitent rien de plus que le malheur des autres. Et moi, je ne supporterais pas qu'il t'arrive malheur !

À cette pensée, les larmes lui vinrent aux yeux.

« Décidément, je suis bien trop sensible », pensa-t-elle.

Puis, elle se releva d'un bond, s'approcha de sa mère, lui fit une bise sur le front et lui dit :

— Salut man, je monte me coucher.

— Reste encore un peu, tu viens de rentrer, la supplia celle-ci.

— Non, je suis trop crevée, répondit-elle en s'éclipsant.

Serge se contenta de hausser les épaules.

Arrivée dans sa chambre, Manon se déshabilla et se coucha mais elle ne put s'endormir car les images pénibles du week-end lui revinrent sans cesse à l'esprit !

Vendredi, après les cours, contrairement à son habitude, elle n'était pas rentrée rejoindre sa mère et son beau-père à la maison mais elle s'était rendue directement au Verdi, seul hôtel trois étoiles de la ville, dans lequel elle avait réservé une chambre par internet, sous un faux nom, pour le week-end. Elle y était arrivée à dix-huit heures trente, elle s'était installée tranquillement et elle avait ensuite pris une douche. À vingt heures, elle était sortie dîner dans le restaurant chinois jouxtant l'hôtel. Elle avait mangé un plat cantonais et elle avait bu une carafe d'un demi-litre de vin blanc sec. Elle était rentrée à vingt-deux heures. Elle s'était couchée immédiatement et elle avait dormi comme un loir.

Le lendemain matin, elle s'était levée déterminée. Elle avait déjeuné en salle, elle avait pris une nouvelle douche, elle s'était maquillée outrageusement et elle avait ensuite revêtu une robe rouge sexy qui laissait apparaître une bonne partie de ses cuisses. Habituellement, elle ne portait jamais ce genre de tenue aguichante qu'elle détestait et elle se contentait toujours d'un très léger mascara mais, ce samedi-là, il fallait qu'elle s'attife de cette manière, car ce samedi-là n'était pas un samedi comme les autres puisqu'elle devait le rencontrer !

Elle l'avait contacté la semaine précédente via Facebook sous un autre nom. Il l'avait immédiatement acceptée comme amie et, très vite, elle avait réussi à entamer une conversation avec lui via Skype. Elle n'y était pas allée par quatre chemins. Elle l'avait flatté et aguiché de telle manière qu'il avait souhaité la rencontrer au plus tôt. Elle lui avait fixé rendez-vous le samedi suivant à midi dans le hall de l'hôtel.

Il était arrivé à l'heure convenue. Il était entré et il avait souri en la découvrant. En ce qui la concerne, elle avait été prise d'un haut-le-cœur qu'elle eut beaucoup de mal à contenir.

Très vite, ils étaient montés dans la chambre. Elle lui avait servi un double whisky qu'il avait avalé d'un coup. Ensuite, il s'était approché d'elle et il avait voulu l'embrasser.

— Attends, lui avait-elle dit.

Elle était partie dans la salle de bains et en était ressortie les accessoires à la main.

— C'est quoi tout ça ? avait-il demandé.

— Chut, elle avait répondu et, pour éviter d'autres questions embarrassantes, elle s'était résolue à l'embrasser.

Alors, il lui avait peloté longuement les seins et les fesses. Puis, il lui avait enlevé sa robe, et elle lui était apparue dans toute sa nudité. Elle portait encore uniquement sur elle une paire de gants de soie. Il avait trouvé cela très érotique.

— À toi maintenant, elle avait dit.

Il s'était déshabillé très vite et il avait voulu se jeter sur elle mais elle l'avait repoussé et elle lui avait montré les liens.

— Je n'aime pas trop tout ça, avait-il dit.

— Tu vas voir. Tu vas jouir comme tu n'as jamais joui, elle avait répondu.

Un instant, elle avait cru qu'il allait refuser et elle avait été prise d'un accès de panique mais, finalement, il avait accepté.

Elle lui avait donc attaché vigoureusement les mains et les pieds aux quatre coins du lit. Il s'était retrouvé sur le dos, bras et jambes écartés, le sexe en érection.

Ensuite, elle avait saisi rapidement le bâillon et elle le lui avait introduit de force dans la bouche.

Il avait senti à cet instant qu'il venait de se faire piéger et il avait tenté de se débattre et de se libérer. En vain !

Puis, elle avait sorti la laisse et elle avait commencé à le frapper. Elle avait frappé très longuement et de plus en plus fort jusqu'à ce qu'il ait les yeux injectés de sang.

Elle s'était alors arrêtée et elle lui avait parlé des horreurs insupportables qu'il avait commises. Elle lui avait dit qu'il n'allait pas s'en tirer comme ça, simplement avec quelques jours de cabane, mais qu'il allait payer, et de manière définitive !

Il avait compris qu'elle ne plaisantait pas. Il l'avait donc suppliée d'un regard désespéré — le genre de regard que l'on perçoit dans les yeux d'un animal pris au piège qui sent la mort approcher — de l'épargner.

Pour toute réponse, elle lui avait passé la laisse autour du cou puis, dans un état second, elle avait serré de toutes ses forces.

Il s'était cabré, il avait tressauté un temps interminable mais elle avait tenu bon.

Enfin, ses muscles s'étaient relâchés.

Elle l'avait vaincu.

Elle en avait ressenti une jouissance extrême, proche de l'extase.

Elle avait ensuite pris un bain, elle s'était changée et elle était allée au ciné sans omettre de déposer l'étiquette « ne pas déranger » sur la poignée de la porte en sortant.

Le soir, elle était revenue dans la chambre et elle avait passé la nuit sur le canapé, près du lit, près du cadavre.

Curieusement, elle avait à nouveau bien dormi.

Le lendemain, après être descendue en salle prendre son petit-déjeuner, elle avait passé une bonne partie de la journée de dimanche à réfléchir à la situation. Elle était dans de sales draps, elle n'en doutait pas, mais elle avait confiance en sa bonne étoile et elle ne regrettait rien. Avec son physique passe-partout quelqu'un dans l'établissement l'avait-il seulement remarquée ? Pourrait-on la reconnaître, la retrouver ? Elle en doutait.

Vers dix-sept heures, elle avait quitté définitivement la chambre. Elle s'était débarrassée dans une poubelle publique du sac contenant ses divers artifices et elle avait rejoint la Grand-Place. L'animation qui y régnait lui avait plu. Elle s'était assise à une terrasse et elle y avait commandé une bière...

Le lendemain, comme tous les lundis matin depuis la rentrée de septembre, Manon rejoignit le collège. Elle avait terminé une licence de langues et obtenu son diplôme d'enseignante avec distinction en juillet. Par chance, elle avait réussi à décrocher immédiatement un horaire partiel dans le bahut de la ville et elle donnait dix-huit heures de cours d'espagnol et de néerlandais par semaine à de jeunes adolescents, pour la plupart peu concernés. Pleine d'allant, elle avait imaginé leur faire partager son amour des langues étrangères mais, devant leurs mines renfrognées et leur constante apathie, la lassitude l'avait gagnée rapidement. Les premières semaines, elle avait bien tenté de les éveiller à l'apprentissage mais leurs railleries répétées avaient vite eu raison de sa bonne volonté. Elle se contentait maintenant, comme tant d'autres professeurs, de dispenser ses cours sans trop s'occuper de ses élèves.

Au moment d'entrer en classe, elle soupira. En huit mois, tant de choses avaient changé. Elle repensa alors à son aventure malheureuse avec Sébastien, son Sébastien.

Elle l'avait rencontré juste avant la rentrée, au cours de la soirée organisée à l'occasion de l'anniversaire de son amie Isabelle. Comme souvent en pareilles circonstances, elle s'y ennuyait ferme. Il lui semblait pour la millième fois que les garçons présents qui lui plaisaient ne la remarquaient pas alors que ceux qui la remarquaient ne lui plaisaient pas. Elle s'apprêtait donc à quitter la fête lorsqu'il l'avait abordée… Elle en a été chamboulée et ils ne s'étaient quittés qu'au petit matin : ce garçon était tellement différent !

Alors, le coup de foudre l'a engloutie et, durant près de sept mois, elle a vécu sur un nuage.

Cependant, pendant cette période, une question l'a taraudée à de nombreuses reprises : pourquoi, alors qu'ils s'embrassaient et flirtaient régulièrement, Sébastien ne se décidait-il pas à passer à la vitesse supérieure, à franchir le pas, à devenir son amant ?

Elle eut sa réponse le soir où, légèrement éméchée, elle lui a proposé platement de coucher avec elle.

Offusqué, Sébastien s'est emporté. Déçu, il lui a reproché durement sa proposition indécente et il lui a déclaré qu'il souhaitait ardemment attendre la nuit de noces pour qu'ils se découvrent.

Elle en a été proprement bouleversée !

Jamais elle n'avait imaginé qu'à notre époque, un garçon puisse encore être idéaliste à ce point.

Cette révélation a décuplé son amour pour lui !

Puis, il y a six semaines, alors qu'ils n'avaient pas prévu de se rencontrer ce jour-là, elle s'est rendue chez lui par surprise le vendredi après-midi après les cours.

Après une nouvelle journée éprouvante avec ses élèves, elle souhaitait le voir quelques instants. Elle voulait qu'il la réconforte, trouver refuge dans ses bras, se sentir un peu moins seule pour affronter ce monde de tarés qui la rebutait chaque jour davantage.

Elle a frappé mais personne n'est venu ouvrir.

Elle a donc imaginé qu'il était parti faire les courses et elle a utilisé le double de la clé qu'il lui avait remis pour pénétrer dans l'appartement.

Elle a pensé qu'il rentrerait bientôt et, décidée à l'attendre, elle s'est installée confortablement dans le sofa. Cependant, alors qu'elle s'apprêtait à allumer la télévision, elle a cru percevoir des cris étouffés en provenance de la chambre à coucher. Elle a d'abord imaginé avoir rêvé mais, lorsque les cris se sont répétés, elle a estimé préférable de vérifier et sans appréhension, elle s'est dirigée vers cette pièce.

La porte ouverte, elle a écarquillé les yeux et a cru défaillir.

À la vue du spectacle qui s'offrait à elle, un gémissement douloureux s'est échappé de sa bouche : Sébastien, les yeux fermés, complètement nu, était allongé sur le lit. Entre ses jambes, pompant allègrement le sexe de son futur mari, un homme, également nu, se trémoussait.

Horrifiée, Manon s'est enfuie avant que Sébastien ait pu réagir.

Dévastée, elle a annoncé dès le lendemain sa rupture à sa mère mais, trop honteuse, elle s'est abstenue cependant de lui préciser que son mec l'avait trompée avec un autre homme !

Après les cours du matin et comme convenu, Manon retrouva Aline, sa meilleure amie, à la sortie du collège. Elles s'en allèrent prendre leur déjeuner ensemble dans un resto italien aux alentours.

La salle était bondée. Elles avaient un mal fou à s'entendre.
— Alors Manon, ce week-end ? lui demanda Aline.
— Rien de spécial, répondit-elle.
— Non, tu ne vas pas me dire que tu es encore restée enfermée chez toi. Tu dois te distraire, tu sais. Le monde ne s'arrête pas parce qu'un connard vous joue un tour à deux balles. Des mecs, il y en a des tas et, belle comme tu es, tu n'as qu'à lever le petit doigt pour les soulever. Ils sont nombreux, crois-moi, à être prêts à mordre à l'hameçon.

Manon l'interrompit :
— Ne t'inquiète pas, Aline, ce mec, je l'ai effacé de mon disque dur.

Aline en parut satisfaite et elle lui serra la main affectueusement.
— T'as appris la nouvelle ? lui dit-elle après un bref moment de silence.
— La nouvelle. Quelle nouvelle ?

— On a retrouvé un cadavre à l'hôtel Verdi ce matin ! Il paraît que ce n'était pas joli, joli à regarder. Une partouze qui aurait mal tourné.

Un frisson lui parcourut l'échine. Elle tâcha de se contenir et elle répondit de la façon la plus détachée possible :

— Ah ! Et on sait de qui il s'agit ?

— Justement, c'est là que cela devient marrant. Tu te souviens de cette vidéo qui a circulé sur le web dans laquelle on voit un type martyriser son chien sur sa terrasse ?

— Celui qui avait été filmé par une voisine ? Ouais, vaguement. On l'a regardée ensemble, non ?

— Oui, tu pleurais même comme une madeleine après l'avoir visionnée. Je ne t'avais jamais vue dans un tel état. Sûrement le contrecoup de ta séparation. T'étais à fleur de peau. Eh bien, figure-toi...

Aline dut s'interrompre un instant avant de poursuivre car Sergio, de joyeuse humeur comme toujours, leur apportait leurs escalopes milanaises.

— Et voilà, mes jolies dames, leur dit-il.

Après l'avoir remercié d'un sourire forcé, Aline reprit :

— Eh bien, figure-toi que ce salaud habitait ici ! On en a même parlé aux infos à la radio ce midi.

— Merde, c'est pas possible, dit Manon.

Aline poursuivit :

— Si, si, je t'assure, il n'y a pas de doute là-dessus. Ah ! je t'entends encore déblatérer contre lui devant la télé lorsque cette histoire avait été diffusée. Tu te le rappelles, quand même ?

— Pas trop, non.

— Si, si. Attends que je me souvienne de ce que t'avais dit exactement en voyant sa tronche à l'écran. Ah, ouais, un truc du genre : « Enfoiré, porc, lâche, faudrait te faire subir les mêmes sévices que tu as fait endurer à ton chien. » Merde, je t'assure Manon que si les flics t'avaient entendue à ce moment-là, t'aurais déjà les menottes aux poignets, ma fille. T'étais tellement dans l'émotion que t'avais même réussi à me faire peur.

Manon devint blême et tressaillit légèrement mais elle se contint.

Aline reprit :

— Enfin, ce n'est pas la mort de cet abruti qui doit nous empêcher de manger. Ce n'est de toute manière pas moi qui vais le regretter ce dingue. Bon appétit, ma chérie !

— Bon appétit ! lui répondit péniblement Aline.

L'escalope était tendre à souhait !

Jamais sans mon ours

Cinq ans.

Tu sais mon nounours, il m'est arrivé quelque chose de moche aujourd'hui. Si tu n'étais pas là, dans le lit avec moi, à m'écouter, je ne crois d'ailleurs pas que je pourrais m'endormir ce soir. J'ai tellement honte !

Ce matin, en classe, j'étais assis comme d'habitude sur le banc, près de la fenêtre, à côté de Rita. Tu sais bien, Rita, je t'en ai déjà parlé, c'est la fille avec laquelle je voudrais me marier quand je serai grand. Elle est tellement jolie avec ses cheveux noirs et ses grands yeux marron. Et elle est tellement gentille avec moi. Quand elle me regarde, elle me sourit. Et, moi, quand elle me sourit, je lui souris aussi. Jusqu'à présent, j'ai jamais osé lui dire que je l'aime, ni rien d'autre d'ailleurs, mais je crois qu'elle le sent. Les filles sentent cela, c'est papa qui me l'a dit. Quand on sera mariés, Rita et moi, on va se faire beaucoup de bisous, on va dormir ensemble et après, un bébé poussera dans son ventre et on sera très heureux.

Je rêvais donc de mon avenir avec Rita lorsque l'institutrice, Mademoiselle Marie-Paule, nous a demandé à chacun de dessiner sur une grande feuille blanche la maison de nos rêves. C'était chouette. Dans la classe, tout le monde s'est vite appliqué. Pour une fois, il n'y avait pas beaucoup de bruit. Moi, j'étais surtout occupé à observer comment Rita tirait la langue en dessinant lorsque, soudainement, j'ai senti que je devais faire pipi. Un gros pipi ! Sur le moment, j'ai trouvé ça bizarre, j'ai paniqué, je me suis demandé ce qui se passait, puis je me suis souvenu : maman, qui n'avait pas entendu le réveil sonner, m'avait réveillé en dernière minute et, comme j'avais dû courir comme un fou pour ne pas arriver en retard à l'école, j'avais oublié de passer par les toilettes avant de quitter la maison.

J'ai d'abord voulu en parler à Rita mais elle était tellement absorbée par son dessin que je n'ai pas osé la déranger. Et puis, qu'est-ce que j'aurais pu lui dire ? Elle se serait même peut-être moquée de moi et elle ne m'aurait plus aimé. J'ai ensuite voulu appeler Mademoiselle Marie-Paule, j'ai levé la main et j'ai essayé de capter son regard mais, occupée d'écrire dans son grand cahier gris, elle n'a jamais relevé la tête et elle ne m'a pas remarqué. J'ai pensé aussi m'avancer jusqu'à elle mais je n'ai pas osé car la distance de mon banc à son pupitre m'est soudainement apparue comme un parcours du combattant peuplé d'obstacles infranchissables.

Une idée géniale m'est alors venue : laisser tomber un crayon sous le banc, descendre sous celui-ci pour le ramasser, en profiter pour sortir mon zizi de ma culotte et faire pipi sur le carrelage. Pas de problème, je me suis dit, personne ne me verra et, avec la chaleur qu'il fait en classe, tout se sera évaporé avant la récréation.

J'ai hésité, hésité mais, n'y tenant plus, j'ai mis mon plan à exécution et tout s'est magnifiquement déroulé. Comme je l'avais prévu, nul ne s'est aperçu de mon petit manège. Seul petit inconvénient : la flaque de pipi était bien plus étendue que je me l'étais d'abord imaginé. Mais je ne me suis pas inquiété et, enfin soulagé, j'ai repris mon dessin.

À l'heure de la récré, je n'y pensais déjà plus et je suis sorti jouer avec les autres sans la moindre inquiétude et sans même regarder si tout le pipi s'était bien volatilisé.

Cependant, lorsque Mademoiselle Marie-Paule m'a appelé sur la cour et m'a demandé de l'accompagner en classe, j'ai compris que quelque chose clochait et mon cœur s'est mis à cogner très fort dans ma poitrine. Tout penaud, je l'ai donc suivie. Mes oreilles allaient chauffer, c'est sûr !

Sitôt entrée dans la classe, elle s'est dirigée tout droit vers mon banc et, sans m'adresser la moindre parole, m'a montré le seau d'eau et la serpillière qu'elle avait placés à proximité.

Inutile de te dire que je me suis dépêché d'effacer toute trace du délit avant le retour de mes copains et copines. Et je peux te l'avouer, là, je n'étais pas fier, pas fier du tout ! J'aurais vraiment voulu disparaître !

J'espère maintenant que Mademoiselle Marie-Paule ne va pas tout cafter à maman. Mais je ne le crois pas. Elle est trop gentille pour cela. Une vraie poupoule ! Pourtant, elle n'est pas mariée et n'a pas d'enfants. Il paraît que c'est parce que c'est une vieille fille. C'est papa qui a dit ça un jour. On peut donc être vieux même si on est encore jeune. Rita et moi, on a le même âge, on a cinq ans. J'espère que Rita n'est pas déjà une vieille fille.

Pff, quelle journée, je suis très fatigué maintenant.

Tu vois nounours, on peut faire des bêtises sans se faire punir.

C'était pourtant une bonne idée, hein nounours ?

Six ans.

Tu sais mon nounours, j'ai gaffé aujourd'hui et j'ai d'ailleurs bien cru que papa allait me tuer.

Ce matin, comme tous les dimanches matin, papa, maman, Lucien et moi, sommes allés rendre visite à mémé et pépé, après la messe de onze heures.

Après un petit temps passé avec eux dans le living, comme je m'ennuyais à les écouter blablater, je me suis éclipsé et je suis parti dans la vieille cour située à l'arrière de leur maison. Une balle de tennis jaune y traînait par terre. Je l'ai ramassée et j'ai commencé à la jeter contre l'un des murs et à tenter de la rattraper. Très vite, je me suis pris au jeu et j'ai alors imaginé un tournoi avec les meilleurs joueurs du monde. C'était top. Puis, alors que j'avais d'ailleurs déjà gagné deux parties et que je m'apprêtais à jouer la demi-finale, maman m'a appelé. Je n'ai pas répondu et j'ai continué le tournoi. Elle n'a pas insisté mais, après quelques minutes, elle m'a appelé une deuxième fois. Je n'ai toujours pas réagi ! Ensuite, alors que j'étais sur le point de me qualifier pour la finale — la finale, tu te rends compte ? —, j'ai cru percevoir le bruit d'une clé que l'on tourne dans une serrure. Je me suis arrêté net, je me suis approché de la porte séparant la véranda et la cour et j'ai tenté de l'ouvrir doucement. Elle était, comme je m'y attendais, fermée à clé ! De l'autre côté de la porte, maman, d'une voix énervée, m'a alors lancé que puisque je ne savais pas obéir, j'allais passer tout l'après-midi du dimanche, seul, dans cette cour.

Maman et ses menaces, je connais, alors je ne me suis pas inquiété outre mesure, j'ai haussé les épaules et j'ai terminé le tournoi que j'ai remporté haut la main, comme un vrai champion.

Un peu plus tard, alors que personne ne semblait soucieux de venir me libérer, je me suis mis à explorer les moindres recoins de la cour et une plaque de fonte sur le sol a attiré mon regard. Je me suis abaissé et, curieux, j'ai tenté de la soulever. À ma grande surprise, je suis parvenu à la déplacer sans mal. Intrigué, je me suis penché et j'ai découvert, interdit, un énorme trou rempli d'une eau sombre et silencieuse. Irrésistiblement attiré par cette masse liquide, je me suis allongé et j'ai plongé le bras le plus loin possible dans l'espoir de réussir à toucher et à remuer cette nappe d'eau noire et immobile. Ensuite, alors que je redoublais d'efforts pour arriver à mes fins, je n'ai pas entendu que l'on s'approchait et j'ai poussé un cri de terreur lorsque le reflet de la tête de papa m'est apparu à la surface de l'eau. Ah, je te jure, j'aurais préféré voir la tête du Diable !

L'espace d'un instant, j'ai cru que papa, qui devait être fou de rage, allait me pousser dans la citerne et refermer le couvercle. Je m'apprêtais à le supplier de m'épargner lorsqu'il m'a soulevé et m'a pris affectueusement dans ses bras. Puis, d'un ton câlin, il m'a dit :

— Thierry, tu ne vois pas comme ce que tu as fait là est dangereux. Tu aurais pu tomber dans la citerne par accident et te noyer !

Je n'ai su que lui répondre et je me suis contenté d'appuyer fortement la tête contre son épaule. Il m'a caressé tendrement la joue et il m'a dit :

— Viens, il est temps de rentrer à la maison.

Et c'était tout. Même pas puni !

C'est bizarre nounours, j'ai dû faire une fameuse bêtise pour que papa me fasse un câlin. Pourquoi il ne me prend pas plus souvent dans ses bras ? Peut-être que je suis trop gentil !

Sept ans.

Tu sais mon nounours, le père Noël est un enculé de mes deux.

Quand je suis en voiture avec papa et qu'un autre conducteur fait une bêtise, il lui crie toujours « enculé de mes deux ». Alors crois-moi, le père Noël est aussi un enculé de mes deux car ce soir, il a fait une fameuse bêtise.

Comme cadeau de Noël, je lui avais demandé de m'apporter un vélo de course. Tu vois, nounours, un vélo comme ceux avec lesquels les coureurs font le Tour de France. Même qu'on dirait parfois qu'il y a un moteur caché dedans, tellement ils vont vite. « Tous des dopés », il dit papa. Moi je ne crois pas. Ils ne sont pas fous, quand même. Je pense simplement qu'ils ont un bon vélo et pas une vieille bécane comme moi. Donc, comme je voudrais devenir champion cycliste, j'ai demandé au père Noël un vélo de course, vu qu'un tel vélo c'est très cher et que papa et maman ne pourraient jamais me l'offrir.

Et cette année, j'ai été malin : je n'ai pas avoué à maman ce que j'avais demandé comme cadeau au père Noël. Elle m'a pourtant bien posé la question dix mille fois au cours des deux dernières semaines mais je me suis toujours contenté de lui répondre qu'elle était trop curieuse. Elle n'était pas contente, mais tant pis. Ben ouais, car si je lui avais dit, elle m'aurait sorti, comme d'habitude, qu'il ne faut pas réclamer des trucs trop chers au père Noël et elle m'aurait prié de choisir autre chose. Mais à quoi il sert alors le père Noël si on ne peut pas lui réclamer ce que l'on veut ?

Ah, j'étais vraiment impatient ce soir, après le repas du réveillon, quand nous sommes passés dans le salon pour aller chercher nos cadeaux. Mais là, paf ! Grosse déception. Qu'est-ce que je découvre pour moi devant la cheminée ? Je te le donne en mille... un petit paquet rectangulaire emballé avec un papier cadeau bleu ciel avec des étoiles dorées. Au départ, je n'y ai pas cru : « Il doit y avoir erreur. Il ne m'a quand même pas rapporté un vélo miniature », je me suis dit. J'ai arraché le papier, j'ai ouvert la boîte, et… merde, une paire de baskets rouges, et même pas des Nike ! Là, c'était trop pour moi, je me suis mis à hurler. J'ai piqué une crise terrible. Du coup, maman a commencé à m'engueuler et mon frère Lucien, nous entendant crier tous les deux, s'est enfoncé la tête dans les coussins et a commencé à chanter à tue-tête. Papa, par contre, est resté très cool au milieu de cette cacophonie : il a soupiré et il s'est installé dans le sofa devant la télé pour regarder la messe de minuit en direct de Rome en attendant que tout le monde se calme. Bien vu, papa, car après quelques minutes, ma crise passée, j'ai chaussé mes baskets et je me suis installé à côté de lui. Maman et Lucien nous ont alors rejoints calmement et on a tous mangé la bûche. Ensuite, papa m'a pris la main et il m'a dit :

— Ce n'était pas le cadeau que tu attendais ? Dommage ! Mais qu'est-ce qu'elles sont chics à tes pieds ces godasses.

Je me suis senti très fier et très heureux.

« Allez, finalement, ce n'est pas si mal des baskets », je me suis dit.

Mais quand même, quel con ce père Noël ! Hein nounours ?

<u>Huit ans.</u>
Tu sais mon nounours, va falloir se méfier tous les deux !

Papa m'a dit hier que je devais cesser de te parler tout le temps ; que tu n'es qu'une peluche ; qu'il est temps que je grandisse un peu.

En fait, papa, il obéit à maman.

C'est elle qui lui a demandé de me parler. Je les ai entendus l'autre soir dans leur chambre.

Ils ont commencé à causer après avoir poussé leurs drôles de petits cris — d'après Camille, ma meilleure amie, ils font l'amour quand j'entends ça. Moi, quand je serai grand, je ne veux pas faire l'amour et dire oui, oui, oui tout essoufflé — et maman a dit à papa que je me renferme trop sur moi-même, que je ne lui confie jamais rien, ni à elle, ni aux autres d'ailleurs. Elle a prétendu que tu es responsable, que je te considère comme un être vivant. Elle a ajouté que l'instituteur lui a dit qu'en classe, je ne communique pas assez avec les autres. Ce n'est pas normal, faut agir Paul, elle lui a dit. Papa a grommelé.

Elle est un peu chiante, maman, non ?

Bien sûr que tu n'es pas comme moi. Tu es une peluche, je le sais. Et alors, qu'est-ce que ça change ? Est-ce que son bon Dieu, à qui elle s'adresse tout le temps, il est un homme, lui ? Si ça tombe, c'est aussi une peluche. Ou un chat. Qui sait ? Et les Martiens, lorsqu'ils arriveront, on ne pourra pas leur causer sous prétexte qu'ils ne sont pas humains ?

J'ai dit tout ça à papa et il a ri.

T'as pas tout à fait tort, il m'a répondu, mais bon, tâche de faire un effort.

Je lui ai promis.

Mais tu sais, ce n'est pas grave mon nounours, maintenant on se cachera sous les couvertures et on parlera un peu moins fort.

<u>Neuf ans.</u>

Tu le sais bien, hein, toi, mon nounours, qu'il y a des spectres qui vivent dans le grenier et qui viennent dans notre chambre quand papa et maman sont encore occupés à regarder la télé. Tu les as vus comme moi, hein ? Alors, dis-moi, pourquoi maman elle ne veut pas me croire ?

Lucien a de la chance, lui. Je ne sais pas pourquoi mais ils ne le dérangent jamais. Ils ne vont jamais l'ennuyer. Ils ne viennent que dans ma chambre. Mon frère se couche et pouf, deux minutes après, il peut s'endormir tranquillement. Ce n'est pas juste ! Pourquoi est-ce qu'ils m'ont choisi, moi, et pas lui ? Parce que je suis le plus petit ? Le plus tendre à manger ?

Quand je crie, maman s'énerve et elle me dit d'arrêter de jouer à l'enfant gâté et elle me demande de prendre exemple sur Lucien. « Thierry, arrête tes caprices, elle dit toujours maman. Un enfant doit aller dormir avant ses parents. » Elle croit que je blague, que j'essaie de gagner du temps. Elle n'a rien compris, maman. Elle ne comprend jamais rien. Moi, je veux bien aller dormir avant eux, mais pas avec des monstres quand même. Quand elle verra que j'ai été kidnappé ou quand elle ne retrouvera que des os dans mon lit, elle sera bien obligée de me croire. Mais là, il sera trop tard !

Écoute mon nounours, t'entends ? Y'en a qui entrent !
Vite, sous les couvertures au fond du lit. Bouge plus !
J'ai mal au ventre.
J'ai peur.
Je ne veux pas mourir.
Laisse-moi te serrer très fort, mon nounours.
Aïe ! Ils approchent. Tu les entends respirer ? Ils nous ont sûrement repérés.
« Papa, au secours.

Papa, au secours.
Papa, ils sont là ! »
Ouf, il monte !

T'as vu mon nounours, il me croit, lui !
C'est un courageux papa : il n'a pas peur des fantômes. T'as vu, dans le grenier, comme on a tout fouillé jusque dans les moindres recoins. Dommage, on n'a rien trouvé. Je crois qu'ils se sont enfuis par la cheminée. Ils ont eu la frousse quand ils nous ont entendus monter et ils sont partis dans une autre maison. Chez Patrick, ce serait bien. Je n'aime pas Patrick. Il m'ennuie toujours à l'école.
Ah, je me sens mieux maintenant ! Bonne nuit, mon nounours...

« Quoi, t'as entendu quelque chose ? »

<u>Dix ans.</u>

Au secours, mon nounours, je ne sais presque plus respirer !

Vite, vite, ma petite bombe sur la table de nuit.

Deux fois. Pschitt, pschitt... Voilà !

Et maintenant, attendre patiemment que le médicament fasse son effet.

T'entends comme ça siffle, là, à l'intérieur ?

Ah, j'en ai marre de cette saloperie d'asthme !

Dis-moi, nounours, pourquoi est-ce que j'ai de l'asthme, moi, et que tous les autres enfants que je connais n'en ont pas ?

Heureusement que t'es là, tu sais, parce que sans toi, quand j'ai une crise, je serais seul, seul au monde.

Toi, t'as de la chance, ça ne peut pas t'arriver. Tu es une peluche, et les peluches ça ne tombe jamais malade.

Pff. Pff.

« Maman, j'étouffe ! »

« Maman, j'étouffe ! »

Elle va monter ou quoi ?

Allez, faut que je prenne patience...

Que j'essaie de respirer : « Inspirer, expirer ; inspirer, expirer... »

Non, ça ne va pas : je me sens mal, très mal !

Pourquoi est-ce que le produit n'agit pas ?

Allez, encore deux fois : pschitt, pschitt.

Je dois rester calme, calme !

Je tremble mon nounours. Je ne suis pas bien, pas bien du tout.

Cette nuit, c'est une grosse, une très grosse crise, tu sais !

Je sais vraiment plus respirer, mon nounours.

Mon nounours, je sais vraiment plus respirer...

Mon nounours, je...

Dix ans... pour toujours.

Tu sais mon nounours, ça me fait plaisir de te voir.

Mais, mon pauvre nounours, ils auraient pu te mettre à mes côtés.

Tu seras tout mouillé quand il va pleuvoir et puis, t'auras froid.

Mon nounours, mon nounours...

Le jour où tout a déraillé

Tout s'est détraqué, je m'en souviens parfaitement, le lendemain de Noël, ce fameux « Boxing Day » si cher aux Britanniques.

Je m'étais levé vers dix heures, l'estomac barbouillé et la tête dans un étau. Après avoir avalé deux aspirines, je m'étais juré de réduire ma consommation d'alcool.

Après le déjeuner, alors que j'étais avachi sur le canapé devant la télé, Marie m'avait supplié de l'accompagner pour effectuer les courses en ville. J'avais rechigné puis, comme toujours, j'avais cédé.

Quelle galère, je l'avais bien regretté !

Il nous avait fallu un temps infini pour rejoindre l'un des parkings de désengorgement d'abord, pour y dénicher une place libre ensuite et pour rallier à pied le centre-ville enfin.

Il y avait tant de monde que nous avions l'impression de ne pas avancer. « Une vraie procession de pénitents », m'étais-je dit. Puis, comme tous les autres, nous avions passé des heures dans les magasins à tenter de dénicher l'affaire du jour à ne rater sous aucun prétexte. Malgré mon mal de dos, nous avions terminé notre périple par le marché de Noël où nous avions, comme il se doit, dégusté une portion de tartiflette et bu un verre de schnaps.

Les rues étaient bondées, les gens joyeux !

« Est-il possible que je sois le seul ici à trouver tout cela désespérant ? » m'étais-je demandé.

Les bras encombrés de sacs, je me désolais. Marie, dont les yeux pétillaient, semblait, au contraire, beaucoup s'amuser. Cela me désespérait.

Finalement, non sans avoir auparavant avalé un deuxième verre de schnaps, nous avions regagné notre domicile.

La porte à peine refermée derrière nous, Marie s'était empressée de rejoindre la salle de bains. Quant à moi, après m'être délesté des paquets qui m'encombraient les bras et après avoir ôté veste et chaussures, je m'étais affalé dans un des fauteuils du salon, épuisé.

Les yeux fermés, je tentais alors de récupérer et profitais de ces quelques moments bienvenus de répit lorsqu'un violent coup de sonnette m'avait sorti de ma torpeur.

« Qui peut venir nous déranger un soir pareil ? » m'étais-je demandé. Machinalement, j'avais jeté un coup d'œil à ma montre : dix-neuf heures. J'avais soupiré, je m'étais levé, je m'étais dirigé lentement vers le vestibule et j'avais ouvert.

Et c'est donc là que tout a déraillé !

***

— Salut, beau-frère, a-t-elle lancé, joyeusement.
— Adeline, mais qu'est-ce que tu fais ici ?
— J'avais tellement envie de toi, mon amour.
Adeline a toujours été désarmante.
— Entre, je t'en prie.

Elle s'est avancée, m'a saisi le cou, m'a tiré vers elle et, sans hésiter, elle m'a enfoncé sa langue bien profondément dans ma bouche.

Adeline embrasse merveilleusement.

En un instant, elle a réussi à m'embraser. Aussitôt, j'ai répondu avec fougue à son baiser, je lui ai caressé les seins, trituré les fesses et je m'apprêtais à lui arracher la culotte et à la pénétrer tout aussi vite lorsque l'image de Marie, allongée nue dans la baignoire, à quelques mètres, m'a traversé l'esprit. J'ai repoussé immédiatement Adeline.

— Tu prendras bien un verre ? lui ai-je proposé.

Comme elle restait interdite, j'ai ajouté :

— Marie devrait sortir de la salle de bains d'un moment à l'autre.

Elle a fait la moue et, dans un profond soupir, s'est laissée tomber dans le canapé.

— Ouais, un whisky, elle a dit, avant d'ajouter :
— Ah, Pascal, ils t'ont bien eu ces enculés !

Je n'ai pas saisi de suite le sens de sa remarque mais, en me dirigeant vers le bar, je me suis quand même rendu compte que quelque chose clochait :

Adeline portait ce soir-là exactement la même petite robe rouge « ras du cul » que la dernière fois où nous nous étions enlacés, il y avait plus de deux ans déjà.

— C'est quoi ce bordel ? me suis-je alors demandé.

***

Marie et moi avions rencontré Adeline pour la première fois trois ans plus tôt à l'enterrement de papa et maman. Ceux-ci avaient vécu ensemble plus de cinquante ans et formaient un couple indissociable. Ils profitaient pleinement de leur retraite en Dordogne lorsqu'un chauffard avait décidé que leur temps était venu : collision frontale, mort instantanée. En excellente santé, à soixante-dix ans tous les deux. J'étais anéanti mais je tentais de me consoler en pensant que jamais ils ne connaîtraient cet état de décrépitude inévitable qui, tôt ou tard, nous surprend tous. Marie avait dû insister pour que je prévienne mon frère Marc, parti vivre sa vie d'aventurier au Québec il y avait des lustres et dont mes parents comme moi-même restions sans nouvelles depuis une éternité. Secrètement, je jalousais mon cadet — cinq ans nous séparent — qui avait eu le courage, à trente ans, de tout quitter.

— T'es dingue, je lui avais dit à l'époque lorsqu'il m'avait fait part de ses projets. Si tu pars, t'es mort.

— J'en peux plus de cette vie minable, il m'avait répondu.

En ce temps-là, nous étions associés dans la boîte que nous avait transmise notre père. On y gagnait bien notre vie — j'y gagne d'ailleurs toujours bien ma vie. J'y avais rencontré Marie, brillante avocate d'affaires que j'avais engagée pour régler nos contentieux. Nous nous étions plu et, très vite, nous avions couché ensemble. Puis, sans trop nous poser de questions, comme si c'était une évidence, nous nous étions mariés. Nous n'avions pas d'enfants, ce qui chagrinait mes parents, mais notre réussite professionnelle les comblait. L'entreprise florissait et, pour papa, la boîte, c'était aussi un peu un enfant.

Un matin, Marc était donc parti et, le moment de surprise passé, chacun avait repris sa vie comme si de rien n'était. En famille, on n'en parlait plus, c'est tout.

**

Ils étaient arrivés deux heures avant le début des obsèques. Une grève aérienne les avait retardés. Un instant, on avait même cru qu'ils ne pourraient assister à la cérémonie religieuse.

— Salut, frangin, m'avait-il dit, simplement. Voilà, je vous présente Adeline, ma femme.

J'en avais été estomaqué.

— Alors toi, tu dois être Pascal, elle avait enchaîné d'un fort accent québécois en s'approchant de moi et en me présentant sa joue.

— Euh, oui. Bienvenue Adeline, avais-je répondu, désarçonné. Désolé de vous rencontrer en d'aussi pénibles circonstances.

Elle avait souri et elle s'était légèrement avancée.

D'un simple mouvement des hanches, elle m'avait fusillé.

— Comment cet avorton a-t-il pu dénicher un tel canon ? m'étais-je demandé.

Après l'enterrement, on avait beaucoup discuté.
— La vie au Québec n'est plus ce qu'elle était, avait dit Marc, dépité.
Ses grands rêves d'évasion s'étaient évaporés.
Aussi, après que Marie me l'avait suggéré, n'avait-il guère hésité avant d'accepter lorsque je lui avais proposé de reprendre sa place dans l'entreprise.
Adeline était ravie. J'étais ravi.
Quelques semaines plus tard, nous étions amants et j'en étais littéralement fou !
Pour nous en sortir, nous nous étions alors enfoncés dans le mensonge.
Dans cette double vie, il m'avait fallu jongler avec les horaires et je passais sans cesse du lit de Marie, mon aînée de deux ans, tendance frigide, à celui d'Adeline, ma cadette de treize, tendance lascive.
Bref, une histoire classique d'adultère.

***

Les mois avaient filé, sans anicroche.
Puis, Adeline était devenue de moins en moins prudente, de plus en plus exigeante.
En matière de sexe, c'était le rêve. Jamais rassasiée, la coquine. Elle en voulait encore et encore.
J'en étais de plus en plus dingue, je ne pensais plus qu'à elle, à son cul, à ses seins, à son con et, le soir venu, rentré à la maison, je m'enfonçais dans la boisson pour oublier que mon propre frère la serrait dans ses bras. J'étais, je le crois, littéralement possédé.

Enfin, un jour, cette fameuse dernière fois, elle m'avait appelé au bureau en plein après-midi.

Lorsque j'avais décroché, Marc était assis face à moi.

— Allô.

— Pascal, faut que tu viennes, j'ai la chatte écarlate, m'avait-elle dit avec son accent inimitable.

— Oui, bien sûr, avais-je répondu tout en tentant de garder mon calme.

— Faut que tu m'éteignes ça au plus vite.

— Et où peut-on se rencontrer ? avais-je réussi à lui demander d'un ton neutre.

— Je suis dans ton plumard.

Bien qu'habitué à ses audaces, j'en étais suffoqué mais je parvenais tant bien que mal à me contenir.

— Certainement, j'y serai dans dix minutes, mon cher ami, avais-je dit.

Et j'avais raccroché.

***

Avant que j'eusse atteint le seuil, elle avait ouvert.

— T'es givrée, je lui avais dit.

— Ouais, elle avait répondu.

Comment était-elle entrée chez moi ? Je n'en avais aucune idée mais cela m'importait finalement assez peu. Cette femme réussissait de toute manière toujours à me surprendre.

Parfaitement moulée dans cette robe de soie écarlate, elle était une nouvelle fois trop belle, trop excitante.

— Attrape-moi, elle avait dit.

Et elle avait filé vers la chambre. Ma chambre !

Et, lascive, elle s'était étendue sur le lit. Le lit conjugal !

Mon envie avait redoublé et je m'étais jeté sur elle.

— Oh ouais, vas-y ! Prends-moi ! elle avait dit.

Sans me faire prier, je l'avais enlacée. Mais, soudain, alors que nous baisions « à couilles rabattues », comme elle aimait le dire, elle s'était effondrée sans connaissance !

J'avais eu beau tenter de la ranimer, rien n'y avait fait.

Je n'avais eu d'autre choix que d'appeler une ambulance…

***

Victime d'une hémorragie cérébrale, Adeline avait été plongée dans un coma artificiel dont elle n'était jamais sortie. Elle était morte dix-huit jours après son admission à la clinique.

Curieusement, Marc ne m'avait posé aucune question quant à la présence de sa femme chez moi au moment du drame.

Marie, quant à elle, avait été moins conciliante. En échange de son pardon, elle m'avait proposé, en bonne avocate, de lui céder la moitié des parts de la Société que je possédais. Ce que j'avais fait.

— Ainsi, au moins, les apparences seront-elles sauves, avait-elle dit.

Ensuite, désespéré, je m'étais mis à boire de plus en plus et, dépressif, j'avais commencé à me gaver d'anxiolytiques en tous genres.

Jusqu'à ce jour où, victime d'hallucinations répétées, on dut m'enfermer !

J'avais passé alors six mois chez les fous — n'ayons pas peur des mots ! — et j'en étais ressorti tel un légume, mais déclaré guéri.

Je n'avais pas repris le chemin de la boîte — Marc et Marie s'en occupaient parfaitement — et je me contentais alors d'un rôle passif d'administrateur.

En fait, je m'accommodais parfaitement de ces journées interminables passées à flâner seul à la maison : à boire… à m'éveiller chaque matin avec la gueule de bois… à me jurer de ne plus jamais avaler une goutte d'alcool… à boire de nouveau…

Jusqu'à ce fameux « Boxing Day » où elle est réapparue !

***

La petite robe sexy, notre étreinte, son évanouissement, l'ambulance, l'hôpital, l'enterrement !

Je me suis soudain senti mal, très mal.

— Mais c'est quoi ce bordel, je me suis donc demandé.

Je me suis avancé vers elle les verres de whisky à la main. On a trinqué. Je lui ai dit :

— Adeline, mais t'es morte, mon amour.

Elle n'a pas répondu, elle a posé son verre vide sur la table, elle s'est retournée, elle m'a envoyé un baiser en soufflant dans le creux de sa main et elle a enlevé sa robe.

Elle ne portait pas de sous-vêtements. Ses petits seins pointaient, m'invitaient. Sa peau était blanche, diaphane.

Je n'ai plus réfléchi, plus tenté de me raisonner. Je me suis approché d'elle, je me suis déshabillé à mon tour, je l'ai enlacée et nous nous sommes écroulés sur le divan.

— Jure-moi de toujours rester à mes côtés, de ne plus jamais me quitter, je lui ai dit.

Et alors que je jouissais en elle, j'ai entendu vaguement la voix de Marie crier derrière moi :

— Bon Dieu, mais ce n'est pas vrai !

***

— Mais pourquoi dois-je vous répéter tout cela une nouvelle fois ? Qui êtes-vous après tout ? je demande d'une voix lasse.

Il hausse les épaules et pousse un profond soupir puis il dit :

— Votre cas est complexe, monsieur, très complexe. Mesurer votre degré de culpabilité n'est pas aisé.

— Coupable, coupable. Est-on coupable d'aimer ?

Il me fixe longuement puis il dit :

— Si c'est de la simulation, vous êtes fort, très fort, cher monsieur.

— Simuler, mais pourquoi devrais-je simuler ? J'avais une maîtresse, et alors, est-ce un crime ? Et que me reproche-t-on finalement ?

Pour toute réponse, il approche son visage au plus près du mien et il me dévisage un temps infini de ses yeux bleu azur terrifiants.

Enfin, d'une voix blanche et d'un ton sec, il me dit :

— Pour la énième fois, je vous rappelle monsieur que vous êtes accusé d'avoir, le soir du vingt-six décembre, vers 19 h 30, abusé violemment de votre épouse Marie et de lui avoir fracassé le crâne avec un verre de whisky. Je vous rappelle aussi que votre femme a été retrouvée six jours plus tard, vêtue d'une robe rouge ne lui appartenant manifestement pas. Je vous rappelle également qu'elle avait été enterrée sommairement dans un bosquet situé à trois cents mètres de votre domicile.

Et dois-je vous rappeler enfin que les analyses d'ADN effectuées ne trompent pas monsieur : vous êtes le seul à l'avoir touchée.

— Cela vous suffit-il comme réponse ou dois-je y ajouter d'autres détails sordides ?

— Et Adeline, où est passée Adeline ?

Table

1. Ce foutu vendredi treize — 9
2. Une rencontre fortuite — 23
3. Dingue des Bleus — 33
4. Vengeance tardive — 47
5. Un époux à l'esprit tordu — 73
6. Sauvé malgré lui — 87
7. Un contretemps sinistre — 97
8. Un week-end tumultueux — 111
9. Jamais sans mon ours — 125
10. Le jour où tout a déraillé — 139